「やっぱり綺麗ですね。
この世界は」
そう言えば、直射日光に当たる面が増えたから、
お日様ダメージが増えましたね。
スキル上げとしては良いかもしれません。

「アッサムです？
ミルクが欲しいです！」
「そうね。こっちのに
合わせてブレンド
考えないと」
「こちら
ダージリンです」
「流石に普段
飲んでるのとは違うわね」

「あそこだけ空気……世界ちがくね?」

「ヒヒヒ、早く降りてこいよぉ……」
「おい、そのなりで短剣ペロペロすんなぁ！　絵面ヤベェからよぉ！」
「キタァ！　ヒヘヘヘ、新鮮な肉だぁ！」
「RPキマリ過ぎててガチやべぇ奴で草」

子日あきすず Nenohi Akisuzu
Illustration Sherry

登場人物紹介

アナスタシア
主人公。リアルでの名前は月代琴音（つきしろことね）。通称姫様。由来は姫プレイではなく、種族やスキルから。不死者のプレイヤーに恩恵を与えるお姫様。装備はドレスとレイピア。ただしレイピアはパリィ用で、主体は魔法。攻撃を魔法で行うジェダイやシスと思えば良いだろう。

アルフレート
レイスからリビングアーマーになり、そこから更に派生進化したデュラハン。装備はバスタードソードに大盾、種族由来のフルプレート。PTではメインタンク。

ほねほね
スケルトン系の人外プレイヤー。今巻で進化するので、種族名は秘密。装備は長杖。スタッフと言われる長い木製のあれ。PTでは純魔のアタッカー。

アメ
今回初登場の双子の男の子。宝石にある『アメトリン』のアメシストの方。種族はレイス系。半透明の人型で、髪と目がうっすらと紫色。一人称が自分の名前の元気系。シンクロタイプ。

トリン
今回初登場の双子の女の子。宝石にある『アメトリン』のシトリンの方。種族はレイス系。半透明の人型で、髪と目がうっすらと黄色。一人称が自分の名前の元気系。シンクロタイプ。

アキリーナ
主人公の妹。リアルでの名前は月代秋菜（つきしろあきな）。種族は人間。装備はハルバードと革系。お姉ちゃん大好きだが、同じPTかというとそれはそれ。リア友2人とネットの友達でPTを組んでいる。PTポジションは遊撃。

ナディア
妹の親友一号。種族は狐獣人。装備はウクレレと布系。PTでは演奏による広域バフ。効果は割と強力だが、演奏中に行動制限がかかるタイプ。

ヘレン
妹の親友二号。種族は兎獣人。武器は長弓と革系。PTでは斥候をしており、種族を生かした音による索敵がメイン。

トモ
主人公幼馴染み一号。種族は人間。装備は本と布系。PTでは魔法アタッカー。

スグ
主人公幼馴染み二号。種族はジャイアント。装備は両手鎚と革系。PTでは脳筋アタッカー。

エリーザ
主人公の幼馴染みの社長令嬢。通称エリー。種族は人間。装備は鞭と布系。

レティ
エリーのお世話役。種族は人間。装備は短剣と布系。

アビー
妹の幼馴染みの社長令嬢。種族は天使。装備はハリポタ的なワンドと布系。杖はステータス補正を得るためだけに装備しており、使用していない。人形が本体のマリオネッター。

ドリー
アビーのお世話役。種族は天使。装備は格闘武器と布系。

セシル
「暁の騎士団」のギルマス。種族は人間。装備は双剣と革系。見た目は乙女ゲー出身のイケメン。

ノルベール
セシルPTの演奏担当。種族はエルフ。楽器はマンドリン。ポロローンしてるフナスキン。

こたつ
「わんにゃん大帝国」のギルマス。種族は猫獣人。装備は投擲武器と革系。そこらにある物が武器。

ムササビ
「NINJA」のギルマス。忍者とかではなく、スレイヤーの方。間違いなくゲーム楽しんでるマン。

ルゼバラム
「ケモナー軍団」のギルマス。種族は熊獣人。獣度設定マックスの二足歩行する熊。

ミード
今回初登場のエルフの姉貴。装備は長弓と革系。ザ・エルフ！って見た目の狩人。

フェアエレン
空飛ぶの大好き妖精。風系妖精フェアリーから、今巻で別属性妖精に進化。

クレメンティア
主人公と同レベル希少種の植物系プレイヤー。セクシーマンドラゴラから、今巻で進化。

キューピッド
悪魔から天使への反魂条件発見者。つまり最初の天使プレイヤー。装備は短弓と布系。

モヒカン
今回初登場のお前ゲーム違くね？状態の世紀末ヒャッハープレイヤー。ロールプレイヤーの鑑。装備は短剣と革系。それと汚物消毒用の火系魔法。ミードによると、ヒャッハー系良い人。

ヴィンセント
今回初登場の闇系狼種プレイヤー。言動が残念過ぎる故の通称駄犬。闇系魔法を使う大型狼。

調べスキー
検証班のギルマス。種族はエルフ。スキルの検証は勿論、世界設定など幅広く情報を集めている。

エルツ
《鍛冶》スキルの上位層プレイヤー。種族はドワーフ。豪快系ロールプレイヤー。鉱石＝エルツ。

ダンテル
《裁縫》スキルの上位層プレイヤー。種族は人間。SSで値引きしてくれる。レース＝ダンテル。

プリムラ
《木工》スキルの上位層プレイヤー。種族は兎獣人。リアル中学2年生。桜草＝プリムラ。

サルーテ
《調合》スキルの上位層プレイヤー。種族は人間。白衣にメガネでそれっぽい。健康＝サルーテ。

ニフリート
《細工》スキルの上位層プレイヤー。種族はマシンナリー。翡翠＝ニフリート。

シュタイナー
今回初登場の「農民一揆」のギルマス。麦わら帽子にツナギ装備で統一されていて、武器は当然農具。

運営

山本 一徹［やまもと いってつ］
FLFOの責任者。暇な時に生放送とかしたりする。技術者ではなく、纏める人。胃は超合金らしいぞ？

八塚浩碁［やつづか ひろき］
大体イベントの時に出てくるゲームマスター。よくGMと言われているやつ。

三武柚葉［みたけ ゆずは］
大体イベントの時に出てくるゲームマスター。よくGMと言われているやつ。

Contents

挿絵:Sherry
デザイン:浜崎正隆(浜デ)

01　日曜日

さて、日曜午後でございます。二陣が来て1週間が経ちますね。

午前中は図書館で宿題&読書して過ごしました。庭でハーブティーをいれて実に優雅に過ごせましたよ。宿題でも《言語学》が上がるのはちょっと笑いましたけど。文字なら何でも良いのでしょう。

えーっと……ああ、ここですか。プリムラさんのお店は。ついに購入したようで、午前中に連絡したらお店にいると場所を教えてもらいました。《料理》で使う樽やらは、《木工》のプリムラさんに頼むのが一番です。

お店に入ると日曜午後なのもあってか、お客さんがちらほら居り、物色中のようですね。とりあえずカウンターにいる住人の店番のところへ行くと、話は聞いていたようなのでプリムラさんを呼んでもらいます。来るまでお店を見せてもらいましょうか。

壁には素材から長さ、デザインまで様々な杖と弓が並び、更に楽器まで置かれてますね。内装自体は実にシンプルと言えますか。

少しして小さい樽を抱えたプリムラさんがやってきました。

「やっほー！」

「お店は順調ですか？」

「うんうん。店員さん雇えるから生産に集中できていい感じー」

どうやら生産施設などにお金を優先したので、店舗部分はほぼノータッチ状態。それ故のシンプルさのようです。とりあえず急いで仮置き用の棚を自作したとか。

「裏に商品の試し撃ち施設があるんだよー。あれが高くてね……。かと言って安いのにすると商品の耐久が通常通り減るとか使えないじゃん？」

「プレビュー状態で装備を試せるわけですか。良いですね」

「でしょー？　杖とかはともかく、弓には欲しいよねー」

そう言いながら持っていた小さい樽をカウンターに置きました。持ち運びが簡単な、小さい可愛い樽です。ワイン樽的なデザインで、蛇口付き。素材はホワイトオーク。見せてもらった中は黒く、熱処理をしたのだとか。

そしてカウンターの内側にデデンと大きな樽と、カウンターの上に木桶(きおけ)が出されます。

「とりあえず問題なく作れたんだけど、試してないから品質の影響が謎ー」

プリムラさんと樽や木桶の仕様について、あーでもないこーでもないと話を進めます。と言っても、どの木にするかやサイズだったり蓋部分ぐらいですけど。

「ではそうですね……木桶小を2個と混ぜ棒、後はミニ樽2個欲しいですね」

「小樽(こだる)も使うの？」

「第三エリアにブドウが何種類かありまして」

「……試作だけあってどうか分からないよ？」

「問題ありません。ただ作ってみたいだけなので」

「『特にいらないけど、作りたくなったから作る』生産者あるあるー。んー……値段はどうしよ」

「サイズ別で樽は10万、12万、15万でした。ミニはありませんでしたけど」

住人が売ってる樽の容量だなんだと話した結果、必要とする人も少ないだろうし、ＮＰＣと同額。ミニは４万にするようです。品質が高い分、生産品の方が良いですね。木桶の方は４万から10万。木桶小６万２個と、ミニ樽４万２個で総額20万ですか。

ちなみにミニが４リットルほど。樽は小でも２５０リットルあります。ミニはあれ、個人用ビールサーバー的なイメージの樽です。横向きで置くので転がらない用に専用台。樽の中に入れる穴が上にあり木で栓がされ、下の方には注ぐ用の突起も付いて木で栓がされています。樽サーバーを真似て作ったそうですよ。

「これらは受注生産かなー」

「では必要になったら言いますね」

ミニはワイン用、木桶は醬油と味噌に使いましょう。

そういえば……ああ、ガラスの漏斗が錬金にありますね。自作しましょう。濾すのに使う布はダンテルさんに発注しますか。連絡してお願いしておきます。

「では一度南へ行ってガラスの材料集めてから、組合寄って下ろしてきますね」

「ほいほーい。発注分は今から作るねー」

プリムラさんのお店を後にしまして、中央広場の立像から南のインバムントへ。そのまま南の海岸沿いへ向かい、砂浜で錬金キットを展開。海砂から珪砂（けいしゃ）と石灰を抽出。貝殻や珊瑚（さんご）からも石灰を抽出。作った珪砂を錬成して珪石にし、珪石と石灰を合成してガラスへ。

漏斗は品質Cあれば歪（ゆが）みもないでしょうから、高品質を意識する必要もありませんかね。ガラスを漏斗へ錬成。小中大と作っておきましょう。

《《錬金術》がレベル15になりました》

《《錬金術》のアーツ【魔石錬成】を取得しました》

【魔石錬成】

魔石を上位素材、下位素材へと変換する。

ふーむ？　魔石の上位下位というとサイズのことでしょうか。魔石同士をくっつけて大きくする。魔石を複数の小さいのにするなら便利ですね。試してみましょう。

手持ちの魔石は……極小10、小4個ですね。上位錬成の必要数は3個ですか。小3個が中1個。そして下位錬成で、小1個が極小2個へ。全部変換すると小1の中2になりますね。

ドロップ以外に入手法があるのは、悪くないのでしょう。問題はキャパシティのために取り込んでるので、ドロップ自体がそもそもあれなんですよね。委託で買うべきか。

今必要なのは……錬成陣拡張コア用の極大？　大は1個あるので、後2個あれば……というところですか。これジェネラルの魔石を【魔石加工】したやつですよね。あのクラスは委託でもまだ手に入らないのでは？　漏斗は作りましたし、ついでに見てみましょうか。

インバムントの組合の方が、始まりの町より空いてるでしょう。ここで下ろしてからの方が楽そうですね。ついでに委託を確認。……やはり極大も大もありませんか。オーブは【魔石錬成】対象外なので、まだ無理ですね。


始まりの町へ飛び、真っ直ぐプリムラさんのお店へ。

「でき次第来るそうなので、少々お待ちください」

「分かりました」

住人の店員さんに言われたので、再びお店を物色しましょう。

弓はともかく、魔法触媒が気になりますよね。このレイピアも《魔法触媒》取った方が効果上がるのでしょうか？

魔法触媒には短杖（たんじょう）や長杖（ながつえ）、本や水晶なんかがありますが、木工だと杖系だけですね。魔法触媒による恩恵は魔法攻撃力上昇と詠唱速度の上昇。物が良くなれば消費MP減少なんかも付きそうですが、今のところなし。

一番高い杖は……B＋のこれですか。試させてもらいましょう。店員さんに告げてから試し撃ち施設とやらに移動します。

店舗エリアにある扉の一つから中庭のようなエリアへ。

これは……弓道場でしょうか？　前方に的が何個か並んで、的までの距離が一定ごとに線が引かれています。10メートルごとに２００メートルまで。好きな距離で試せということでしょう。このエリア亜空間ですね？

そして先客が居ますね。耳からして種族はエルフ。身長は１７０ないぐらいでしょうか。体の線は細く緩やかな曲線を描き、まさにエルフって感じがしますね。金髪を後ろで縛りポニーテールで、緑の目はツリ目気味で真っ直ぐ的を見ています。上半身は弓道のような革製の胸当てのある半袖の上着。下半身はホットパンツで、足はストレッチロングブーツのローヒール。そして後ろ腰に矢筒。そんなエルフの女性が、的に向かい長弓を構えていました。

アーツによる赤い光に包まれた矢が、斜め上に放たれ空に消えます。女性に視線を戻すと既に構えており、同じく矢が赤い光に包まれ輝いています。どうやらチャージ式のアーツのようですね。更に光が1段階強くなり、不自然なほど大きな音を立てて放たれました。光を纏（まと）い2回りほど大きくなった矢は、山なりではなく真っ直ぐ的へ。そして斜め上から降ってきた矢と同時に当たりました。

発動から命中まで時間差を考えた同時攻撃ですね。お見事です。

私も的に近づき、試すとしましょう。

相変わらずダメージ数値はでないようですが、的にあるHPゲージはメモリが細かいようですね。

ではレイピアでの魔法と、杖での魔法を試してみましょう。

差がほぼ……いや、負けてますね？　ＭＡＴＫ表記的にはまだ勝っているのですが、魔法攻撃力上昇効果部分の補正で負けていますか。長杖の方が既に強いと。１センチぐらいなので誤差と言えば誤差ですけど、強化できないと辛くなりますね。耐久がないことやできることを考えると、今すぐ変える必要はありませんが……。

「姫様おまたせー！」

「ああ、プリムラさん。できましたか？」

「できたよー。お？　ミードさんもやっほー」

「はい。お邪魔しています」

試射していたエルフの女性がミードさんでしたか。確か弓系ではトップの一人だとか聞いたプレイヤーですね。武闘大会入賞もしていましたっけ。

「姫様、噂はかねがね。以後よろしく」

「ミードさんも有名ですよね。よろしくお願いしますね」

「２人共まだ知り合いじゃなかったんだね？」

「姿を見ることはあったけど、こうして話すのは初めて」

「武闘大会の時や掲示板やらで、名前を知ってたぐらいですね」

「そっかそっか。そう言えば姫様、第三エリア行ったんでしょ？」

「アルフさん達と東へ行ってきましたよ」

「木、生えてた？」

「北側と南側は森でしたね」

「ふむ……」

ミードさん、落ち着いた方ですね。何でしょう、武人って感じがしますが。

ミードさんはお得意様だそうです。ミードさんが木を伐採してきて、プリムラさんが加工する。

プリムラさんからすると貴重な仕入れ先だそうですよ。ミードさんも弓や矢といった物を作ってもらわないといけないので、お互い様状態ですね。

「じゃあ姫様と取引してくる」

「はい。機会があればまたお会いしましょう」

ミードさんとフレンド登録をして、プリムラさんと店舗に戻ります。

「そう言えばミード……蜂蜜酒ですか。あれ確か、かなり簡単らしいですね」

「そうなんだ？」

「蜂蜜持ってますし、調べて試してみましょうか」

とりあえず取引です。残りのミニ樽と木桶、更に混ぜ棒を購入。

［道具］　保存樽（ミニ）　レア：Ｎｏ　品質：Ｂ＋　価格：４万
発酵、熟成させたい物を入れておく樽。どうなるかは入れたもの次第。

[道具]　保存桶（小）　レア：Ｎｏ　品質：Ｂ＋　価格：６万
発酵、熟成させたい物を入れておく桶。どうなるかは入れたもの次第。
[道具]　混ぜ棒　レア：Ｎｏ　品質：Ｂ＋　価格：１０００
混ぜるための長い棒。
[道具]　ホワイトオークの中蓋　レア：Ｎｏ　品質：Ｂ＋　価格：２０００
ホワイトオークでできた中蓋。

木桶とミニ樽、中蓋２個の棒が１本ですね。木桶小は６キロぐらいの容量になります。ミニ樽は樽サーバー型ですが、アイテム的には保存樽と変化ないようで。

「まいどー！　ところで姫様、鳥の羽根系ない？」

「トッケイで良ければありますよ」

「単価１００でどう？」

「そうですね……では４００個売りましょう」

「そんなあるの⁉」

「《錬金術》上げついでに消費したんですけど、お肉目当てに毟（むし）りまくったので」

「鶏肉かー。はい、４万ね」

「はい、確かに。ではダンテルさんのお店に行ってきますね」

「てらあー。矢、補充しよっと」

プリムラさんのお店を後にし、濾すための布を頼んだ時に聞いたお店へ向かいます。とは言え、プリムラさんのお店から出た正面右側。ガラス張りのお店ですね。

外に向け木製のマネキンが置かれ、服を着ています。こちらは服屋ですからね。皮の鎧なんかもありますけど。

「おう、来たな」

「できていますか？」

「勿論だ。結局は正方形の布だし」

正方形の濾し布をダンテルさんから購入。５０００になります。複数枚サイズ違いで頼んでおきました。

「何作るんだ？」

「醤油に味噌、後ワインですね」

「ほう！　ワインは売るのか？」

「どうでしょうか。飲めませんが料理に使う選択肢もありますし」

「あーそうか……」

「まあ、どうするにしても大人の味見役が必要なのでその時に」

「お、任せろ」

ダンテルさんはワイン好きなのでしょうか？　それともただお酒好きでしょうか。

「そうだ、蜂蜜酒の作り方は知ってますか？」

「蜂蜜を水で薄めて放置するだけだぞ。確か2、3倍ぐらいだったな」

「なるほど、蜂蜜酒も仕込んでみましょう」

「あれはどうだ？　果物酒。あれも楽……ってダメか。ホワイトリカーがない」

調べてみますか。えっと、ホワイトリカーは……なるほど、要するにアルコールですね。

「ブランデーが住人から買えたので、探せばありそうですね？」

「ほう……」

「まあまずは、ワインと蜂蜜酒を作ってみましょう。その後、醤油に味噌ですね」

「おう、頑張れ！」

ダンテルさんのお店を後にして、一度第三エリアのバルベルクへ飛びます。必要な物を買わなければいけませんからね。


まずは調べましょう。……あ、これいいですね。ふんふん……ロゼ、作ってみましょうか。問題は……昨日ちらっと見たブドウ名、カスリもしませんね。ゲーム固有品種ですか？　店員さんに聞くしかなさそうですね。

ブドウ……ブドウ……あそこですね。……なるほど、見ても分からん。

「ワインを作ろうかと思うのですが、短期用の黒ブドウはどれでしょう」

「短期の黒でしたら……こちらのファルシネリ、クラクシ、ベルジェですね。ファルシネリから軽いの、普通の、重いのに向きます」

「ではその中で一番甘いのはどれでしょう」

「それでしたらファルシネリですね。この町で作っている品種です」

「ではそちらで、量は……初めてなのでこのぐらいのサイズを考えています」

「あら、可愛い樽。ファルは作りやすいのでお勧めです。そのサイズだと……」

ファルシネリ・ベルクという品種のブドウを売ってもらいました。５０００しましたが仕方ありません。お店を後にして早速始めましょうか。


中央広場の日陰で料理キットを展開。

さて、リアルにもある《料理》なので、例の如く外部サイト通りに進めていきましょう。ウェブに載っている手順を基本レシピとし、そこからゲームに最適化。リアルにあるからできるのであって、当然リアルにない《錬金》とかは無理ですね。

つまり、メモが必須。メモは大事ですよ。今は良くても後々確実に忘れるんですから、覚えているうちに書いておきましょうね。チクタクしながら飛ばした時間をメモ。

用意したブドウの瓶。蜂蜜と水の瓶。妖精の蜜と水の瓶。この3種を見守ります。

ロゼというピンク色のワインは、作り方が複数あるようですが、黒ブドウを丸っと全部潰して濾す。要するに『黒ブドウを使えば作業中に薄っすら赤の成分が混じり、最終的にピンクになるよね』って感じです。綺麗なピンクにするには回数重ねるしかないでしょう。

妖精の蜜はポーション瓶で用意したので、すぐに終わったようです。沈殿している酵母達を残し、ゆっくりと別の瓶に移します。

ワインの方は……基準を決めるために辛口にしましょうか。正直飲んだことないので、辛口甘口言われても分かりませんが、要するに糖分全部を酵母に食べさせればいいようなので、フル発酵で。

ワインのコポコポがなくなったので、これまでの時間をメモした後、ミニ樽に移して樽熟成開始。

普通の蜂蜜酒の方が、ワインより発酵に時間がかかりましたね。蜂蜜酒はもう完成でも良いのですが、どちらも寝かせておきましょう。

ゲーム内なので、気温自体は比較的安定しています。そういう意味では温度管理はある意味楽ですね。最大の問題として、インベントリにしまった瞬間に時間が止まるので、何の意味もないのですが。かと言って手で持ち歩くのはないです。

面倒ですが、樽を出している間の時間をメモするのが一番ですか……。


醤油と味噌……どうしましょうかね。麹（こうじ）という最大の問題がありますが……できたらラッキー、腐ったら……うん、麹探しですね。

正直作ったところで使うかというと微妙ですが、作ってみたいだけなので、その辺りはどうでも良いでしょう。調味料の選択肢が増えるのは良いことです。

さて、やりますか。まず味噌から。使うのは大鍋と大豆と塩……と。

《料理》は生活魔法が大活躍ですね。それと……一号、大豆潰しますよ。我々に火傷は関係ありませんからね！　む、塩と混ぜるタライとかがありませんね。一号、ひたすら潰すように。

一号が潰したのを集めながら塩を混ぜていきます。それでできた物を、プリムラさんから買った木桶に詰め詰め。布を被せて……あ、石がないですね。北の方にあるでしょうか？　一旦料理キットをしまい、移動しましょうか。

ポータルからウェルシュテットへ飛び、一号をメタスケから馬で再召喚します。北の敵は動きが遅いのばかりなので、一号に乗っていれば無視できます。拾った物は【洗浄(クリーン)】を使ってインベ行き。

《《空間魔法》がレベル15になりました》

《《空間魔法》の【ラウムスフィア】を取得しました》

【ラウムスフィア】

自分の全方向に不可視の盾を張り、遠距離攻撃を無効化する。

あー……これ、自分の正面に張る【ラウムエスクード】の全方位版ですね。MP消費が更に重いだろうことを除けば、悪くないと思います。

ただ【インベントリ拡張】を使用中だと、発動MPが足りないのがネックですね。【インベントリ拡張】使用中の使用可能MPは変化ないので……10レベごとに1割減少でしょうか。今7割なので、20で6割ですかね。

直接攻撃系が今のところないので、何だかんだでスキルレベル上げるには【インベントリ拡張】

が便利です。

まあ、生産の続きをするために戻りましょうか。

中央広場で一号から降り、端の方で料理キットを展開。早速石を中蓋の上に載せます。直射日光を避け、温度変化の少ない場所が望ましいと。あくまで望ましいであり、割とどこでもできる。お休み期間は1年……いや、10ヵ月ぐらいが良いのでしょうか。

料理キットをしまいまして、お天気掲示板を見ましょうか。えっと、今気温が高いのは……南ですか。しかし南は潮風が……。となるとやはり東でしょうか。西はどうやら雨が多いらしいですね。それは困ります。一番低いのが北。

味噌は東、ワインは北でしょうか。……東に戻りますか。


バルベルクへ戻り、腐らないことを祈りつつ【反応促進】でチクタクします。特に混ぜたりする必要もないようなので、楽ですね。30日ぐらいでチェック。

腐ってる感じは……しませんね。なんだかいけそうな気がするーということで、後60日ぐらい頑張りましょう。

レベルもスキルも上がって最大MPが増えてるとはいえ、【反応促進】は消費が多い。回復を待ちながら他のことするには回復が早い。しかしチクタクするだけだと少々退屈という絶妙な感じ。

安全地帯はHPとMPの回復が5秒ごとに3割ずつなので、安全地帯での回復自体は早いのですよ。町中とセーフティーエリアがそうです。ただ、ダメージ受けてからしばらくは戦闘モードで回復しないそうですけど。

どうせならお味噌汁を作りたいところですが……ああ、お豆腐がありません。確か必要なのは……にがり……にがりですか。チクタクしながら調べましょう。

にがりは海水から塩を取った残りの水ですか。にがりは《錬金術》で用意できますね。大豆をミキサーに……ミキサーがない。ここで再び材料ではなく、機材不足ですか。料理キットの上のバージョンを探す必要がありますね。……あれ？　食材ばかりで肝心のキットを見てませんでしたか。

もうすぐ味噌ができるはずなので、できたら探しましょうか。

木桶上に出ていた時計が消えたのを確認し、せっせと上の石や布をどかします。

［食材］　熟成味噌　レア：Ｅｐ　品質：Ｂ
異人が持ち込んだ大豆の加工食品。使い方色々。
３００日間熟成。

おぉ……できましたね！

異人が持ち込んだ大豆の加工食品。なるほど、レア度エピックですか。量産されて出回るまではレア度が高い……ということでしょうか。

では、キットを探しに行きましょう。収納が置いてあったお店が狙い目でしょうか。

「いらっしゃい」

「料理キットの上のキットはありますか？」

「確かまだありますよー」

まだってどういう……いや、売り切れがあるので変ではありませんか。

「でもお金大丈夫ですかー？」

【道具】　中級料理キット　レア：Ｒａ　品質：Ｂ　価格：50万
料理人が扱う道具が入った持ち運び用の料理セット。

お、中級料理キッ……たかぁい！

「真顔……真顔になってますよー」

「ああ、すみません。予想以上の値段だったので、ちょっと下ろしてきますね」

「では残しておきますねー」

「お願いしますね」

痛い出費ですが、買わない選択肢がありませんね。ここからだと冒険者組合の方が近いですか。

受付でお金を下ろし、お店へ戻ります。残り３６０万。また委託に料理でも流しましょうかね……。

「お待たせしました」

「まいどですー」

「一気に値段が上がったのに理由はあるんでしょうか」

「魔道具が複数入っているのと、全体的に品質が上がっているせいですねー」

「なるほど、魔道具ですか」

「便利な分高いですからー」

「ではこれで」

「またどうぞー」

お店を後にして早速キットの統合。確認前に南、インバムントへ飛び海水を汲みます。そしたら錬金で塩を分離。これで品質の高い塩とにがりを入手。そう言えば、これから塩はこっちに切り替えましょうか。塩をせっせと分離して確保しておき、にがりは大きな空き瓶一個分確保。

さて……こんな時間ですか。夕食にしましょう。


ご飯やお風呂、諸々を済ませログインです。

さて、お豆腐でも……と思いましたが、箱をプリムラさんに作ってもらわないと形が凄いことになりますね。布も必要ですか。ダンテルさんにも言っておきましょう。

おや、スケさんからＷｈｉｓが。

『姫様ー、睡眠前に一狩り行こうぜー！』

「バルベルクですか？」

『その予定ー』

「分かりました」

生産は明日やっても良いですし、狩りにしましょう。新調された生産キットの確認も明日ですね。

プリムラさんとダンテルさんに豆腐用の箱と布を頼んでおきます。ダンテルさんの方は店員さんに言えば買えるようですね。助かります。

バルベルクへ飛んだらスケさんとアルフさんとＰＴを組み、ダチョウをコロコロして就寝です。美味しいですね、ダチョウ。勿論経験値的な意味で。ソロ狩りも視野に入れましょう。

02　月曜日

朝起きて、のんびり朝食やらを済ませます。その後ゲームにログイン。

図書館へ行き、宿題を進めましょう。

「ようこそ、お嬢さん」

「お邪魔しますね」

おじさまに挨拶した後、本を何冊か手に取り庭へ。テーブル1つを陣取ります。まずは宿題から進め。集中力が切れ次第本を読む……と。午前中はこれで《言語学》を上げます。

本は……設定も良いですが、今日は童話の続きでも読みましょうか。

お昼を済ませ、プリムラさんとダンテルさんのお店へ。

まずはダンテルさんのお店で、店員さんに豆腐作りに使用する布系統を売ってもらいます。頼んでおいた物ですね。

続いてプリムラさんのお店へ。プリムラさんも夏休みなので、こちらはご本人が。

「やっほー」

「こんにちは。箱を買いに来ました」

「豆腐箱よー」

　プリムラさんが取り出したのは、ところどころ穴の空いた木箱ですね。裏側はスケート靴のような足があり、少し浮くようになっています。余計な水が流れやすいようにでしょう。

　4個ほど受け取りまして、ダンテルさんの方と合わせて1万ぐらいですね。

「豆腐ということは味噌(みそ)できたのー？」

「ええ、一応できましたよ。麹(こうじ)はアイテムがないのか天然なのか分かりませんが、不要でした」

「ワインはー？」

「そちらは熟成中です。蜂蜜酒も仕込んでみましたが、アイテム名が変わっているので、できてはいるはずです」

「おぉー！　順調だね」

「これから豆腐を作りつつ、掲示板に中級料理キットなどの情報を流す予定ですね」

「中級かー。そう言えばおっちゃんも鍛冶の中級がどうたら言ってたっけ」

　自分のお店……つまりハウジング用の鍛冶場にお金を注ぎ、持ち運び用のキットは後回しにしたら、イベントの発表。次のイベントはイベントフィールドでサバイバルですからね。自分のお店の工房は使えないから生産キットになるわけで。

「今のところ鍛冶と料理かー。イベント前に入手しておきたいなー。姫様何持ってくのー？」

「料理キットでしょうか……。最初は錬金キットのつもりでしたが、スケさんも持っているので」

「ああ、3人PT？」

「そのつもりです。プリムラさんはエルッさん達とですね？」

「うんー」

やはりそうですよね。早めに合流というか、いる場所が把握できればいいのですけど。サバイバルは協力しないと詰みかねないですからね。

もう今週の土曜日がイベントですか……。戦闘と料理スキルはイベントで稼げそうなので、それ以外を上げておきたいところ……とか思いつつ、豆腐作るのですが。

「では料理キットの把握と豆腐作りでもしてきます」

「てらぁー」

プリムラさんのお店を後にし……どこでやりましょうか？　皆お店を持ちましたから、プレイヤーの露店通りに行ってもいません。中央広場か……あー、生産施設なんかもありましたね。……面倒なので、中央広場で。

空いてる場所で料理キットを……プレビュー状態で既にだいぶ違いますね。まあ、展開です。まずは何が変わったのか、確認しましょう。

全然違うのは炭火に加え魔動コンロ。更に流し台のところは魔動蒸留器が追加されていますね。魔力で動くから魔動なのでしょう。早速水を蒸留器にセットして、蒸留水を作っておきます。端にあるこの箱は……魔動冷蔵庫ですか。10種類は入るようですね。卵などを冷蔵庫に。

魔動圧力鍋、魔動ブレンダー、魔動ミキサー、魔動ケトル、魔動ジューサーと……結構魔道具がありますね。このせいであの値段ですか。この蛇口は……【飲水（ウォーター）】の魔道具と。

魔道具は魔石を錬金術で加工した、錬成魔石を電池にして動く。魔力がなくなると砕けるが、魔力の補充が可能……と。充電池の魔力版ですね。中級料理キットでは錬成魔石（小）が付属されていると。これ魔石交換で容量変えられそうですね。……むしろオーブでも置きますか？

……ちょっと嫌なことが思い浮かびましたね。オーブに変えるのはやめておきましょう。爆発されたら目も当てられない。電池の規格は守るべき。

さて、お豆腐作りましょうか。

大豆から生呉（なまご）というのができるので、これを水の煮立った鍋に。焦げないように静かに混ぜつつ煮る。煮る前は生呉、煮た後は煮呉（にご）や呉というそうですよ。煮呉から豆乳とおからを作ります。

そして豆乳が温まるまでに〝にがり〟をお湯に溶いておく……と。さて問題は、〝にがり〟の濃度が謎なのでメモしながら試すしかないことですね。様子を見ながらゆっくり入れます。混ぜたら火を消し、蓋をして固まるのを待ちましょう。

それっぽくなることを祈ります。神様には祈りませんけど。分量で決まってることを祈られても神様は困るでしょう。

プリムラさんから買った箱に、ダンテルさんから買った布をセットして待ちます。その後上澄みを分け取り、中身は箱へ移し、蓋を置いて上に重りを……水を入れた入れ物を上に置きます。

後は待てば、所謂木綿豆腐が完成ですね。

「で、リーナはそこで何してるんです」

「えへー。邪魔しないように何作ってるのか見てた」

「怪しさ満点。２人も付き合わなくて良いんですよ？」

リーナとナディアさんにヘレンさんですね。途中からコソコソしてましたが、バレバレです。

まあ、丁度いいので味見してもらいましょうか。１箱から取り出し半分にして、４等分にします。残り半分は……【テーブルウェア】に水と一緒に入れておきましょう。

……にしても、しっかりしたお豆腐だこと。そう言えば、鰹節とかも作れるんでしょうか？

いや、まずカツオを探すところからですか。

「うん、まあ美味しいですね？」

「固くない？」

「それはもう切る時に察した」

「だよね」

「海水から〝にがり〟を取ったは良いものの、濃度が謎だった……」

「なるほど」

上澄みが苦いと〝にがり〟が多過ぎると……うん、微妙に苦いですね。次作る時は減らしましょう。

「これはこれで好きです」

「うん。美味しい」

「味は問題なさそうですね。委託にでも流しましょうか。『試作一号。〝にがり〟が多かった豆腐』的な」

「良いんじゃない？　むしろ気になって買ってく人いそうだし」

【テーブルウェア】に移して豆腐箱を空けて、〝にがり〟を調整しながら作りましょうかね。できたものは全て委託行きでしょうか。今作り置きしてもイベントには持っていけませんし。

　大豆を水に浸けてチクタク……おや、あれはミードさんですね。呼びましょう。ここ……ここ……あ、気づきましたね。

「こんにちは」

「こんにちは。今お時間ありますか？」

「まあ、ありますよ」

「ではミードさん、成人されてます？」

「ええ、していますが……？」

「ではこれの味見をお願いしたいのです」

　陰になるように下に置かれている、黄色い液体の入った瓶を持ち上げます。

「蜂蜜酒ですか。それは是非」

「まだあんまり熟成できてませんが……」

「……うん、美味しいですね。売って欲しいぐらいですが？」

あー……焼きすらできないのなら、蜂蜜酒も作れなそうですね？　とか思っていたら頭上に《直感》が発動し、陰になったと思ったら肩にドサッと衝撃が。

「やあ姫様！　ミードもおっすー」

「やあエレン」

「ふふふ、姫の肩に乗るとは不敬ですね」

上空からのダイナミック肩車。妖精はみんな小柄ですからね。

「処す？　処す？」

「羨ましいだろー」

「キーッ！」

「うははは」

「ちょっと、危ないでしょうが」

フェアエレンさんに煽られたリーナが、ハルバードの柄の方を振ってきますが……危ないの私なのですが？

「せいっ」

「うぇあ！」

「どっせい！」

「グエェー」

肩車状態のフェアエレンさんの両足を上げて落とし、そこへリーナが追撃。地面とハルバードに挟まれます。まあ、町中なのでダメージはないのですが。

「ところで、フェアエレンさんはお酒飲めますか？」

「一応飲めるけどー？」

「例の蜜、少し使って蜂蜜酒にしたんです」

「なんと、その手が！」

さっさと浮き上がってきたフェアエレンさんと、ミードさんに分けて渡します。ポーション瓶なので量があれですが、妖精の蜜自体が全然ないので仕方ありません。

「うんまー！」

「おお、これは……」

未成年な私達は残念ながら飲めません。現実の体でアルコールを摂るわけではないのですけどね。そこはまあ、大人の事情でしょう。味を覚えてリアルで飲まれても困る的な。

しかし、やはり普通のよりかなり美味しいようですね。

「むむむ……もっと集めるべきか？」

「エレン、ミツバチにでもなったの？」

「種族固有で妖精の蜜を作れるんだよねー」

「とても美味しい。是非エレンには頑張ってもらわないと」

「えー……1回で全然採れないからかなり大変なんだけどー？」

蜂蜜酒自体を作るのは楽なので、私としては別に良いのですが……問題が原料となる妖精の蜜で

すね。材料がないのでは作れないので、頑張ってもらわないと。

「後は……ああ、はちみつレモンが簡単ですか」

「飲みたい！」

リーナが反応しました。ナディアさんとヘレンさんも物欲しそうにしていますね。

えっと……魔動ジューサーの中に、搾りやすいよう半分にしたレモンを投入。そしてスイッチ代わりに魔力を流すと反応し、魔石から魔力を使い動き出しました。両サイドからレモンが潰され、下から果汁が出てきます。

「おぉー……」

「お姉ちゃんこれ魔道具ってやつ？」

「魔動ジューサーだね。中級で追加されたの」

「へー……原理どうなってんだろ？」

「さあ？　《鑑定》じゃそこまで分からないね」

とりあえず何個か放り込み、レモン果汁を入手します。コップに分けたら蜂蜜と砂糖、蒸留水を入れて混ぜます。

「レモン水、はちみつレモン、レモネードなど言われるものですね。そしたら各自【冷却(クール)】で冷やして飲むと」

「レモンスカッシュは……炭酸か。んまー」

「何気にこれ、満腹度回復効果ありますね……。携帯食料以下ですが」

嗜好品的なあれで売れそうではありますが、簡単に作れますし売り上げとしては……微妙そうですね。

蒸留水も冷蔵庫に入れておきましょう。

皆でレモネードをグビグビしながら雑談しつつ、私は豆腐造り。もう数回作れば、〝にがり〟の量は大体分かるでしょう。味に拘るのはとりあえず後回しです。豆腐で味となると、豆や水の方を変える必要がありますが、ぶっちゃけ現状無理です。

《農業》に【品種改良】とかあるんですかね？　流石に幅が広過ぎて無理でしょうか。

「そう言えば、フェアエレンさん。南は相変わらず無理系？」

「うん、無理。空は鳥系に食われる」

「やっぱ船かー」

「格上とのドッグファイトはつらたん……」

インバムントから船に乗るのですが、自分のではなく貨物船的な物に便乗するのが正解らしいですよ。地元の人とちゃんと話そうなってことですね。

この船がどうやらインスタンスなようで、船を防衛する必要があるようです。全滅で死に戻りかつ、インバムントからやり直し。イベントというかフラグ立てというか、別の大陸に行くには必須なのでしょう。

船1つに1PTと船乗り達。失敗しても住人が死んだりするわけじゃない、完全にゲーム的なイベントですね。

インバムントから船で次エリア行くと30前半。その次で30後半。その次で40台が出るようで、そこが突破できないそうですね。つまり3エリアは海だそうです。

「こっちの足場は船。敵は空と海から突っ込んできたり魔法撃ってきたり……」

「対空はともかく、対潜ですか。というか40台出てる時点で、まだ先ですね？」

「うん、ぶっちゃけまだ無理。南以外で上げてからだねー」

「北西は北西で難航してますね。状態異常が辛くて……」

フェアエレンさんは南、ミードさんが北西、妹達は北と見事に別々のようですね。

現在の難易度では北東が一番楽で、西、東、北西と難しくなるようです。北東は敵の動きが遅いので振り切れなくはない。東は馬とかいて逃げ切るのは無理だけど、戦えなくはない。北西は道はあるけど、両サイドの森から状態異常持ちが突っ込んでくるとか。

「肉体系は毒と麻痺(まひ)。精神系は混乱と魅了。突っ込んでくるのはまだ良い方で、木の上から魅了をかけられ森の方にフラフラっと行くと……」

「うわー……」

「PTで駆け抜ける、もしくは精神系無効の人外種と……という対策が話し合いで有力でしたね」

道はあるけどその場合、麻痺持ちの蝶(ちょう)の飛ぶ高度が上がるんだとか。そのせいで走り抜けるのは少しリスクが高いようですね。

動けなくなる麻痺もヤバいのですが、問題なのは精神系の混乱と魅了だそうで。

混乱はアーツのランダム使用かつ、手足の入力が変更される。アーツの種類やタイミングは全てランダム。届かない距離ですら関係なく使うとか。しかも混乱中はフレンドリーファイアがオン。手足の入力は左右入れ替えが発生するようですね。変わるタイミングは混乱にかかった瞬間。慣れれば効果中も動けるけど、アーツは勝手に使用する。

つまり、ＶＲ機器が読み取っている手足の信号を一時的に入れ替えているのでしょう。右手を左手に繋(つな)ぎ、左手を右手に繋ぐ。足も同じですね。

魅了はフラフラと対象に引き寄せられる。攻撃されると動けるようにはなるけど、魅了対象に直接攻撃は不可。範囲系巻き込みは可能だそうですね。

「状態異常無効系……特に精神系無効の人外種に、回復アイテムか《聖魔法》を持っててもらえるとなんとかなるはずです」

「あ、そこで耐性って解放されない？」

「できますよ」

「おぉ……問題はＳＰか……」

「ですね。全部取るのは流石に……」

ミードさんとリーナの会話を聞きつつ、豆腐を……お、今回のはいい感じですね。

「どうせなら、絹ごしも作りましょうか……」

「絹で濾(こ)すんですね」

「………」

「お姉ちゃんそこは笑い飛ばして！」

「ああ、いや……たまにマジな人がいるらしいから……」

「私は大丈夫だよ！　工程が違うんでしょ⁉」

「シルクで濾すとか正気じゃありませんよね」

「コストヤバそう」

　さて、本気なのかネタなのか判断しづらかったノリは置いといて。

　絹ごしですが、生呉までは同じ工程です。煮呉にする際の工程から少し変わりまして、水を追加せず生呉をそのまま鍋にかけて煮ます。焦げやすいそうなので注意してやりましょう。

　煮込んだら上の泡を捨て、濾したら豆乳を冷やします。

　しっかり冷やしたら豆乳と〝にがり〟を混ぜまして……【テーブルウェア】で箱を作り注ぎます。

　後はこれを蒸せば絹ごし豆腐の完成ですね。

【テーブルウェア】便利ですね？　穴の空いた豆腐箱なんかは無理ですが、ただの四角い箱なら作れますから。食料系以外は入れられないようですけど仕方なし。

「冷や奴、食べますか？　醤油ないですけど」

「いただきます」

「いるぅー」

　皆に分けていただきます。……うん、ちゃんと舌触りが違いますね。上々でしょう。味は原料が同じですからね。

「あー、そう言えば久々に豆腐食べた気がするー」

「私は昨日食べた。こっちの方が風味がある気がしますね」

「夕食にでも冷や奴食べるかー？」

「薬味が欲しいところです」

フェアエレンさんの夕食に一品何かが増えそうですね。ミードさんは昨日食べていると。我が家は一昨日食べました。

まあ、冷や奴を食べたところで解散です。確認などもできましたからね。それと通常の蜂蜜酒をミードさんに売っておきました。今度キットを展開した時にまた仕込んでおきましょう。


そう言えば、キット統合の収納に入れておけば持ち込めるのでしょうか？　何気に抜け道ですよね。イベント始まる前に醬油の仕込みを始めておくべきか……。それと少しずつ調味料系を購入して入れておく必要も？

むむむ……豆を放置して麴ができないか、試してみるべきでしょうか。醬油にも必要ですが……できたところで麴カビの管理はちょっと無理では？　拘りの品質とかにするならした方が良いのでしょうが、拠点が必須ですか。正直変な菌に出てこられてもお手上げですからね……。

あ、実は仕込んだエリアで変わったりして。ハハハ、そんな……この運営ではありえないと言い切れないのがあれですね。空気中にいる天然としたら、気温の変わるエリア判定はありえますね？

……この辺りはもう、物好きさんに任せましょう。味噌や醬油の品質なら誰かしら拘りたい人いそうですから。一応可能性として仕込みエリアも触れておきますか。品質高いの欲しければその人から買えばいいでしょう。

とりあえず掲示板に中級料理キットなどの情報を出しておいて、組合に行って委託に料理と試作品を流して、後は……お金を預けておきましょう。

さて、イベントまでゆっくり準備を進めつつ、逆にイベントで上がりそうにないスキルを優先しましょうか。

サバイバル、楽しみですね。

■公式掲示板1

【環境破壊】総合生産雑談スレ　50【人が生きるとはそういう事】

1. 名無しの職人

ここは総合生産雑談スレです。

生産関係の雑談はこちら。

各生産スキル個別板もあるのでそちらもチェック。

前スレ：http://＊＊＊＊＊＊＊＊＊＊＊

鍛冶：http://＊＊＊＊＊＊＊＊＊＊

木工：http://＊＊＊＊＊＊＊＊＊＊

裁縫：http://＊＊＊＊＊＊＊＊＊＊

……etc.

>>980 次スレよろしく！

474. 名無しの職人

第三エリアで中級鍛冶キットと中級料理キットが見つかって、他はまだかー。

475. ニフリート

フェルフォージに中級細工キットもあったよー。

476. 名無しの職人

お、素晴らしい！

477. 名無しの職人

イベント前に確保したいんだけど、厳しいかー？

478. 名無しの職人

南はまず無理だろうし、北西側もかなり手こずってるらしいじゃん？

479. 名無しの職人

調合木工錬金人形硝子とかまだ全然だな。

480. 名無しの職人

新しい釣り道具欲しいなー？

481. シュタイナー

新しい農具は？

482. 名無しの職人

そういや、釣り具や農具とかってどうなんだ？　段々便利になってくのか？

483. 名無しの職人

電動リールとか？

484. 名無しの職人
　こっちは釣れる魚のサイズが大きくなるよ。

485. 名無しの職人
　ああ、なるほど。

486. 名無しの職人
　>>485 ああなる。

487. 名無しの職人
　>>486 あな……。

488. 名無しの職人
　>>487 言わせねぇよ!?

489. シュタイナー
　ケツはいいとして、こっちは耕したりするスピードが上がるな。作業時間が減る。つまり管理できる畑が増える！

490. 名無しの職人
　>>489 おっちゃんに頼むとかじゃダメなん？

491. シュタイナー
　>>490 それでも良いんだが、全部おっちゃんで揃(そろ)えると馬鹿にならんのだ。

492. 名無しの職人
>>491 ああ、資金な……。

493. シュタイナー
>>492 主力の道具は既におっちゃん品さ。

494. エルツ
おう、お前達朗報だ！　とっておきの情報をやるぞ！

495. 名無しの職人
ガタッ！

496. 名無しの職人
なになに⁉

497. 名無しの職人
流石おっちゃんだぜ！

498. エルツ
住人の職人に弟子入りが可能だ。○○の弟子っていう称号が貰(もら)える。
弟子入りするための条件なんかはまだ不明だ。
メリットとしてはレシピや作成時のコツなんかを教えてくれる。
デメリットは今のところよく分からん。誰に弟子入りするかでも変わるかもしれん。

499. 名無しの職人

弟子入りかー！

500. 名無しの職人
やっぱできるんだ？

501. 名無しの職人
レシピやコツは重要だな……。弟子入りかー。

502. 名無しの職人
デメリットは……手伝わされる？　でもこれはこっちからしたらメリットだよなぁ。

503. エルツ
>>502 作っておけってクエストは発生する。ぶっちゃけ俺らからしたらメリットだな。材料向こう持ちだし。

504. 名無しの職人
>>503 向こう持ちとか完全にメリットじゃないか。

505. エルツ
>>504 それこそ修業の一環だろうからな。

506. アナスタシア
エルツさんも弟子入りしてたんですね。可能かどうかは好感度だと思います。それも師匠のではなく、町全体の評判ですね。

507. エルツ

『も』って事は姫様もか？　にしても街全体の評判って地味に辛いな？

508. アナスタシア

修業中に腕や人柄を見るそうですが、師匠の前ではよく見せるなんて誰でも考える事です。よって、町の人に聞き込みするらしいですよ。

509. エルツ

そう来たかぁ……。好感度は高いに越したことはないだろうと思ってたが、生産職には特に重要だな……。問題は好感度の確認ができないことか？

510. アナスタシア

ステータスすらあれなゲームですから、好感度も無理でしょうね。まあ、このゲームなら相手の態度で分かるのではないでしょうか？

511. 名無しの職人

そう言えば、住人の子供の方から寄ってくる人はかなり限られてる……って検証班から仮発表あったね？

512. 名無しの職人

あー、あったなぁ。子供は警戒心高いと言うか、素直だろうからな。嫌いな奴には寄らんだろうし、親から言われても寄らんだろうな。

513. 名無しの職人

検証班の記録ではリストにできる程度にはいないらしいね？

514. 名無しの職人
『子供の方から寄ってくる人リスト』ってか？　どんなだ……。
515. 名無しの職人
……検証班いろんな意味で大丈夫か？
516. 名無しの職人
それは言わないであげてぇ！
517. アナスタシア
そうなのですか？　よく来ますけどね……子供達。
518. 調べスキー
始まりの町において、『子供の方から寄ってくる人リスト』ぶっちぎりは姫様だぞ。と言うか複数で観察してる感じ、始まりの町で一番好感度高いのが姫様だ。

続いてエルツなど、店を持ったトップ生産組だな。セシル組なんかも高いが……姫様がぶっちぎりで高い。見てる感じ全然違うぞ。
519. 名無しの職人
>>518 お、変態だ！
520. 調べスキー
>>519 お前も変態にしてやろうか。
521. 名無しの職人

>>520 どんな返しだよ。

522. 名無しの職人
>>520 心配無用！　既に変態さ！

523. 調べスキー
>>522 そうか……。

524. 名無しの職人
>>523 なんかすげー哀れみを感じた。おかしいな……なんでだ？

525. アナスタシア
そう言えば、好感度が上がりやすい称号持ってましたね。

526. 調べスキー
なに⁉　哀れな変態はどうでも良い！　称号が重要だ！

527. 名無しの職人
>>526 そんな！　私とは遊びだったのね⁉

528. 調べスキー
>>527 うるせぇ！

529. アナスタシア
『優雅で静謐(せいひつ)なお姫様』という称号ですよ。
他者に与える印象がとても良くなり、警戒もされづらい。

530. 調べスキー

>>529 あー……、種族固有称号か……？　進化と同時とかだと無理だなぁ。

531. アナスタシア

>>530 まあ……教えても良いでしょう。2つの称号が統合された物です。

静謐なお姫様

物静かなお姫様に与えられる称号。

他者に与える印象が良くなる。

優雅なお姫様

優雅なお姫様に与えられる称号。

王侯貴族に与える印象が良くなるが、平民達には警戒される事がある。

優雅で静謐なお姫様

優雅かつ、物静かなお姫様に与えられる称号。

他者に与える印象がとても良くなり、警戒もされづらい。

静謐：リアルタイム3日間、全ての行動において一定以上の音を出さない。

優雅：リアルタイム3日間、常に姿勢を維持しつつ、一切走らない。

532. 調べスキー

>>531 ありがたい！　ありがたいがこれは……お姫様は完全に種族由来だろうし、ふむぅ。

533. 名無しの職人

リアルタイム72時間ゲーム内走るなは草。

534. 名無しの職人
よく取れたなこんな称号……。

535. アナスタシア
私はゾンビスタートだったので、『そもそも不可能』が近かったですけどね。

それはそうと、錬金術キットは中級や上級が無いらしいですよ。師匠に聞きました。

536. 名無しの職人
なにぃ⁉

537. 名無しの職人
だにぃ⁉

538. エルツ
料理じゃなくて錬金の弟子になったのか。

539. アナスタシア
料理はリアルでしますからね。それより錬金の方が切実でした。まあ、たまたまですけど。

錬金キットにある錬成陣を最後まで使うようですね。

師匠の紹介はできませんが、錬金上げてる人は［錬成師］ではなく、［錬金術師］に弟子入りするといいですよ。３次スキル所持者ですね。

540. 名無しの職人

紹介してくれないのかー。本人から口止めされるタイプかね。
541. アナスタシア
好感度と言うものが物理的に減るので絶対に言いませんよ。
542. 名無しの職人
良いじゃん教えてよー、減るもんじゃないしー……へへへ。っていうお決まりが封じられた。確かに減るわ。
543. エルツ
うん、間違いなく減るな。
544. アナスタシア
ところで疑問なのですが、このゲーム流通システムありますよね？　住人の商人に言えば所謂『お取り寄せ』ができるのでは？
545. 名無しの職人
⁉
546. 名無しの職人
ガタッ！
547. 名無しの職人
た、確かに⁉
548. エルツ

……少し値段が上がるかもしれんが、確かにな？

549. アナスタシア

住人の好感度と言うか、信用度が必要かもしれませんけど……試してみては？

550. プリムラ

お得意様で試してくる！

551. ダンテル

掲示板見ろってそういうことか！　行ってくる！

552. サルーテ

なるほど！　聞いてくる！

553. 名無しの職人

俺も行くぜぇー！

554. 名無しの職人

突撃ー！

03　水曜日

「……そろそろ時間ですか。移動しましょうかね」

図書館から南のインバムントへ行きましょう。水着ができたそうなので、トモと約束をしていたのです。セーフティーエリア内の海岸でのんびりする予定。

さっさと南へ飛び、南の海岸へ向かいます。ゲームなので更衣室などは不要ですからねー。

「お、来たな」

「早いね？」

「今日は他に予定もないからなー」

既にトモが待っていたので、水着を受け取ります。着る前にチェック。

水色に白の花柄な普通のビキニタイプに、大きめな白の薄い生地ですね。このサイズなら腰だけでなく、胸元でも結べますね。

［装備・防具］　パレオ付きビキニ　レア：Ｎｏ　品質：Ｂ＋　耐久：１４０
異人達が水辺や水中で身に着けることを前提とした服。

泳ぐのをサポートし、すぐ乾く。
製作者：ダンテル
《鑑定　Ｌｖ10》
ＤＥＦ：△　ＭＤＥＦ：△
適用スキル：《水泳》
《鑑定　Ｌｖ20》
粘性抵抗軽減：小
水系魔法強化：小
被水系魔法耐性：小
状態異常耐性・濡れ：小
《鑑定　Ｌｖ30》
強化可能スキル：《裁縫》《錬金》
強化素材：水棲系

鑑定30は装備の強化について触れるようですね。……かなり大雑把ですが。

能力補正が極小ではなく小ですか。プリムラさんのところで試した杖もそうでしたね。私の装備、効果内容自体は優秀ですが……数値的には既に負けていると思って良さそうです。水着はワンピースと同じ胴体上下と、パレオは……なるほど、外套枠ですか。

「さすがトップ組。強い」

「今のところ水着を活かせるところはないけどな。海は水着着たところで……」

「川とか湖なかったっけ？」

「西側にあるらしい……ってところだな」

西は基本的にハーブと水の補充に行くぐらいですね。南も現状ではガラス作りに来るぐらいですけど。狩りも生産も基本的に東です。狩り場はビルド次第ですからね。

まあ、システムから着替えましょう。パレオは胸元で。

「うん、良いですね。特に言うことはありません」

「うん、相変わらず良い体してるな！」

「でしょう？　まあ、アバターだけれど」

「それは言うな……」

トモは普通に短パンというか、トランクスタイプですね。

「麦わら帽子とか欲しくなるね」

「ああ、良いな。でもあれ生産スキルなんだ？　帽子だし《裁縫》系統で良いんだろうか……」

そう言えば、直射日光に当たる面が増えたから、お日様ダメージが増えましたね。スキル上げとしては良いかもしれません。

燦々（さんさん）と輝くお天道様。吹き抜ける磯風（いそかぜ）に、とても綺麗（きれい）な海岸と透き通る海水。ゆらゆら揺られる海藻と、優雅に泳ぐ魚達。

「やっぱり綺麗ですね。この世界は」

「だな……。狩りだなんだと走り回るのも楽しいが、たまには良いかもしれん」

まあ、少し視線をセーフティーエリア外に向けると、殺伐としているのですが。そこは気にしたら負けですね。

「よし、少し泳ぐか」

水温は丁度いい感じですね。お決まりのように水をかけられたので、無言で足を使い豪快に反撃しておきます。

「こーれは酷い」

「我が家の女性陣があれをするとでも？」

「……全く思わんな」

トモなら遠慮する必要もありませんからね。リアルでは行く気にならない海を堪能しましょう。

泳いだり砂で遊んでみたり。トモの満腹度が減ったので休憩です。食事は用意しておきましたので、砂浜でのんびりしましょう。

泳いでたら《水泳》が解放されましたが、取らなくても良いですかね。

「予想してた邪魔がなかったな……。うん、美味い」

「リーナなら絶賛狩り中のようだけど」

「リーナは空気読むさ。他プレイヤーの野郎共の方だ」

「なるほど」

他愛ないことを話しながら食事をしていると、後ろからポロローンと音が。

「青春だねぇ……」

「何してんすか……ノルベールさん……さすがにあんたは予想してなかった」

「偶然見つけちゃってね？　冷やかしておくのが礼儀かな……と」

「そんな礼儀があって堪るか……」

「良いもの見れたし邪魔者は去るよー。眼福眼福」

ポロローンと歩いていきました。本当にただ来ただけだったようですね……。

「眼福と言えば、ダンテルさんがSSを所望してたぞ」

「どうせならいい絵を撮りたいところ」

「ふむ……もうすぐ日暮れだな。夕日を狙うか、いっそ月を待つか」

「どうせ待ってれば来るんだから、両方」

「さようで」

食事を終え、再び海で遊んでいると夕暮れがやってきました。朱く染まる空に、空を映す水面も影響され雰囲気が変わります。

さて、撮影会ですよ。

「どうだ？」

「……なんか違う。今度はあっちから」

「撮るぞー」

勝手に撮られた物ならともかく、自分で撮るなら当然拘るというもの。納得できるまで立ち位置、角度、ポーズなどを変え撮りまくります。

「夜になりますか……」

「んー……俺はこっちが良いな」

「ふむ。ではそれで」

確認時に気に入らないのは消し、夜になったら厳選された中から選び保存しておきます。

波で揺れる水面は月明かりを反射し、幻想的な光景へと変わりました。お天道様で暖かそうな光景は、月により静謐(せいひつ)さが前面に押し出されます。

住人は基本的に夜は寝静まるので、ただ波の音と月明かりで輝く水面のみ。

「狩りで駆け回ってると気づかない光景だなぁ……」

「SSを撮って回る遊びも良いかもしれませんね……」

この雰囲気を活かさないわけにはいきません。幻想的な方向……これ、水着より普段のドレス姿の方が映えそうですね。……両方撮りましょう。今日はこれ以外特に予定がないと言っていたので、みっちり付き合ってもらいましょうか。

「俺これ、壁紙にしたいぐらいだけど？　水着はこれかな。シンプル一番だろ」

ドレス姿の私が愁いを帯びた表情で左手を胸に、右手を差し出したポーズ。差し出された右掌には月。

水着の方は岩場に座り、ただ月を眺める。

「強いて言うなら、ドレスの色が惜しい……」

「それがまた良いんじゃないか？　掲示板に貼りたくなるな」

「そう言えば、なんか私個人のスレがあったね？」

「見つけてしまったか……姫様を見守るスレを……」

「見てはいけない気がしたので、中は見てないけど」

「まあ、本人が見るスレじゃないわな……。アイドルの追っかけみたいになってるぞ？　親衛隊というか、愛好会というか……」

「……他のプレイヤー達に迷惑をかけないなら良いでしょう。誰も迷惑を被らないなら、特に言うことはないかな」

「相変わらず寛容だこって」

「誰にも迷惑かけずに楽しんでいるなら、別に自由だからね。それはそうと、水着は知り合いだけ。ドレスのこれは……掲示板に上げても問題はないでしょう」

「貼るならファンクラブと化してる個人板の方か。雑談に貼ってもしゃあないし」

「私とリーナ、後はダンテルさんに送っておいて」

「あいよ」

リーナにも送っておかないと、確実に拗(す)ねますからね。

個人板の方は……何か問題が起きて、私が動かざるを得なくならない限りは放置ですね。トモが言うには民度が良いらしいので、今のところそんな問題はなさそうです。良いことですね。

いや、いっそ自分で書き込んでおいた方が良いですか。ＳＳも自分で貼っておきましょう。

「『誰にも迷惑をかけずに楽しむなら、特に言うことはありません。逆に言えば、何か問題が起きて、私が動かざるを得なくなったら潰れると思ってください』……つまり、本人公認になった」

「こういうのは最初に決めておいた方が楽だからね。私が自分の板について運営に通報すれば確実に潰せるでしょう。関係ない人に害が出た時点で、旗印となっている私にも害が来る。そうなった時点でファンクラブとしては末期だよ」

「まあ確かにな。有名人は大変だな」

「突然知ってバタバタするよりは、最初からこうしておいた方がマシかな」

問題が起きても放っておくと、無責任だ！　とかどうせ言われるんですよ。私が作れと言ってなくても。理不尽ですね。

「おー……本人登場かつＳＳという燃料で盛り上がってら」

「んー……？　この書き込みはエリーとアビーでは……」

まあ……良いか。考えるのはやめましょう。むむ？

「ドーモ、トモ＝サン。ムササビです」

「あ、ドーモ、ムササビ＝サン。トモです」

「介錯してやる！　イヤーッ！」

「うおおお⁉」

トモとムササビさんの鬼ごっこが始まりましたね。セーフティーエリアなので、別にどうこうなるわけではないのですが……割とガチで戦ってますね？

「何が彼をあそこまで駆り立てるのか……」

「罪深いねぇ……」

ポロローン……。

帰ってきたんですね、ノルベールさん。順調にスナフキンルートに入ってますね。

「ムササビさんが走ってくの見えてね。面白いの見れそうだと」

「なるほど？」

「今海ってここしかないからねー。いつ撮ったかはともかく、今行けばもしかしたら……で、来てみたら水着じゃん？　で、あれよ」

「姫様の水着姿を独り占めは万死に値する！　潔く散れー！」

「いや、あんたフレンドだろ！　水着のＳＳ貰（もら）えるぞ⁉」

「……マジでござるかー？」

「あっさり止まりましたね」

「まあ、そんなもんだよねー」

ムササビさんが大人しくなったので、のんびり月見です。花とかありませんが、別に海でも良いでしょう。

「３日後にはイベントでござるなぁ！」

「んだね。準備はおっけーさー」

「無人島でサバイバルとか楽しみだなぁ」

「まずは食料と寝床の確保からでしょうね。我々は寝床だけですけど」

「うちのＰＴ料理人いないでござる……」

「こっちもいないんだよねー」

「俺の方もいないなぁ……」

「多分あるであろう、木の実でも齧るしかないですね」

「「毒あるんでしょ知ってる」」

まあ、食べられるのと罠なのがあるでしょうね……。じゃないと面白くないし。とは言え《鑑定》で分かるのでは？

「《鑑定》は便利だけど、絶対ではござらんよ……」

「所謂一般常識じゃない、あまり知られていない設定のアイテムもあってね……。それが薬草なら《調合》系のスキルがないと、詳しい情報が出ないんだよ」

「魔物の肉なら食べれるのを知らないってんで、《料理》ないとドロップしないな」

「なるほど。ある意味役割分担ですか……」

「スキルレベルによる影響もあるでござろうなー」

夜の砂浜でのんびりゆったり。お、釣りしてる人がいますね。海鮮ですか。塩焼きも良いし、お刺身も良い。ムニエルなんかもありますか。貝なんかも良いですね。

少し話してムササビさんとノルベールさんは町に戻っていきました。

「トモのPTは今どんな感じ？」

「北西に参加してるんだが中々なー」

「北西かー。ミードさんが状態異常ヤバいって言ってたね」

「たまに情報交換しながらPTでそれぞれ頑張ってる状態だ」

「そっか。東は道自体は楽っぽいけど、敵のステータスは高めっぽいね」

「鳥とか馬で逃げ切るのは不可能っぽいな。東は地力がないと辛いらしい」

始まりの町の東の森から変わらず動物系。体力が多くてしぶとい。同じレベル帯でも虫と動物では全然違うので、ビルドによって狩り場が変わるんですよね。

「北は第三エリアまでは楽だけど、第三エリアから火や土系の魔法使ってくるようで、突っ走る際下手したら死ぬってなー」

「亀でしたっけ」

「だな。防御高いけど足遅い奴らが魔法使い始めるとか。戦うなら近寄った方が楽らしい」

どうも掲示板では……町のあるエリアは積極的に情報共有し、町から外れたエリアは情報秘匿推奨の方向になったようですね。冒険を楽しむなら町のあるルートから未開の地へ。

調査によると、町のあるルートから外れるとセーフティーエリアがかなり減るようです。まあ、未開の地ですからね？　安全が確保されてるわけないよねーってことでしょう。

ある意味では、今回のサバイバルが町ルートから外れるためのチュートリアルですね。イベントフィールドにセーフティーエリアはないらしいですから。拠点を作って見張りを立てて交代ですか？　少人数PTは少々リスクが高いですね。

「さて、そろそろ帰るとするか」

「もうこんな時間か。結構経ってたね」

「既に5時間近く過ぎてるからなー」

だいぶSSに時間をくわれた気もしますが、まあ良いでしょう。普段の装備に着替えて町へ。読書の続きでもしましょうかね？　そろそろ2次スキル行けそうですから。

「じゃあお疲れさん！」

「うん、お疲れ様」

インバムントの転移門でお別れです。始まりの町へ飛び、図書館へ行きましょう。


〈《言語学》がレベル30になりました。スキルポイントを『2』入手〉

〈《言語学》が成長上限に到達したので《魔法言語学》が解放されました〉

《魔法言語学》
人類が研究中である、魔法陣に使われている魔導言語。まだまだ謎が多い。
解読できれば、アレンジどころか新規作成ができるはずと、躍起になっている。

SP6ですか。勿論取得しておきます。

〈《魔法言語学》が取得されました。マジックカスタマイズが解放されます〉

んー……ヘルプ……ヘルプ……。

※マジックカスタマイズ
自分の好みに合うように、魔法ごとに方向性を決めることができる。

方向性を設定した状態で戦闘することで、戦闘時の思考や戦闘スタイルによって、より自分好みへ変化していく。

他の人と違うのが目に見えて分かるようになるまで使い込めば、きっと見た者に印象付けられるだろう。

戦闘時じゃなければ切り替えはいつでも可能。

実際に戦闘で試しながら、自分の魔法を最適化していく……というシステム。


ふむ……。どのぐらい変わるかは……《魔法言語学》依存でしょうか。ステータスも関わるとしたら知力でしょう。

肝心の方向性は……『一撃型』『多撃型』『節約型』『特殊型』の４つですね。それぞれ攻撃力、クールタイム、消費ＭＰ、付属効果を重視するようです。防御系の魔法だと項目が違いますが、内容自体は同じようで。

つまり、スキル・アーツカスタマイズの魔法版ですか。ありがとう、ワンワン王。

サバイバルでは上げられないだろう《言語学》を優先して正解でした。

さて、早速方向性は設定しておきたいですね。

一撃型：攻撃力、主効果の強化。
ヒール、エンチャント、ランス、レジスト、エクスプロージョン。
多撃型：クールタイムを減少。再使用可能時間を早く。
アロー、バースト。
節約型：消費ＭＰを減らす。
ショット。
特殊型：副効果の強化。
ボール、ナイトビジョン、マジックミサイル。

こんなところでしょうか？

気になるとすれば特殊型でしょうか。攻撃系だと付属効果を重視。防御系だと副効果を重視となっています。恐らくボール系の怯(ひる)み強化。ナイトビジョンは効果時間の延長。マジックミサイルは追尾性能強化……されると良いなと思い特殊型へ。
残りは……《死霊秘法》と《空間魔法》の方向性ですか。

一撃型：攻撃力、主効果の強化。
ライフアサイメント、グラウィタス。
多撃型：クールタイムを減少。再使用可能時間を早く。
フォーストゥコンバート。
節約型：消費MPを減らす。
インベントリ拡張、ラウムエスクード、ラウムスフィア。
特殊型：副効果の強化。
ネクロマンシー、ポイズンプロード、メデューサスキン。

こんなもんでしょう。【暗黒儀式】や【死霊召喚】などは弄れませんね。《魔法技能》系も不可能でした。
【メデューサスキン】は《死霊秘法》の25で覚えたものです。対象選択式で、味方にかける補助魔法。一定時間、近接攻撃を受けた際、一定確率で対象を硬直状態に。特殊型で確率と効果時間が延びると良いですね……。

《空間魔法》に関してはもう、うんって感じです。【グラウィタス】の重力効果以外は節約ですよ。コスト重過ぎて使えませんよ君達……。

アーツのカスタムと違って今すぐというわけでもなさそうなので、効果……出るといいですね。

さて、そろそろ夕食ですか。

夕食やその他諸々を終わらせたら師匠のところへ……行く前に組合寄りましょう。

えっと……ふむ、買うなら今のうちでしょうか。中サイズになる敵の魔石を4個購入。組合を後にし【魔石加工】からの【魔石錬成】にて極大魔石を生成します。

そして師匠の元へ。

「こんにちは」

「あんたかい」

「極大魔石を持ってきました」

「ほう……作るかね？」

「お願いします」

「じゃあ待ってな」

先程作った極大魔石を預けます。

雑貨屋というだけあって、品物が幅広いですね……。風邪薬からポーション。ロープやツルハシ、ショベルにリボンなどなど。

「これが最後の拡張コアさね」

「ありがとうございます」

「手間がかからな過ぎるのはあれだが、弟子が優秀なのは良いことさね」

「基本レシピと魔力操作の情報だけでも非常にありがたいですよ？」

「修業ってのは普通なら住み込みで年単位掛けることだよ。異人は成長が早いさね」

「そう言えば、錬金キットに中級とかはないのですか？」

「ない。錬成陣は既に揃ってる。後は知識と腕次第さね」

そう考えると錬金はキットへの投資額がかなり低いですね？　その代わりというか、錬成陣拡張コアの入手がかなりあれですけど。拡張コアは品質の制限解除なので、アイテムを作るだけなら問題はないということですか……。

「そうだ、お前さん風邪薬は作れるね？」

「勿論作れますよ？　教わりましたからね」

「これから流行る季節さね。少し手伝いな」


〈『備蓄品の更新』クエストが発生しました〉


『備蓄品の更新』

常に備えてないと常備薬とは言えない。常に薬を用意しておく必要がある。

フレーバー薬を作って納品しよう。納品数で達成報酬が変動する。
依頼者：メーガン
達成報酬：始まりの町に住む住人達の好感度上昇。

「期限はいつまでです？」

「28日以内に作れるだけで良いさね。切羽詰まってるわけじゃないからね」

クエスト欄に期限が追記されましたね。

素材費は納品時に固定額が支払われるそうなので、そこは気にしないで良いと。町の備蓄ですからお偉いさんが出してくれるのでしょう。

備蓄品を任せられる程度には信用されていると取れますか。好感度がクエスト発生条件でも不思議ではないですね。

何やら証明書のような物を受け取りました。素材を買う時に見せろとのこと。詐欺対策か何かでしょうかね。

早速西のプレイユリッヒへ行き、寝るまで作りましょうか。

「では作ったら持ってきますね」

「Cで揃えるんだよ」

「分かりました」

師匠のお店を後にし中央の立像から西へ飛び、薬草のお店へ向かいます。

「いらっしゃーい」

「エルダーフラワー、ターメリック、バジル、シナモン、ジャスミン、ダンデリオンをください」

「薬師の方ですか？」

「いえ、錬金です。メーガンさんに備蓄品を手伝えと言われまして」

「これは……なるほど、更新を始めるのですね。用意はできておりますので、少々お待ちください」

普通の風邪薬はオリーブなので、あれだけ南でした……。まあ、良いでしょう。

「お待たせしましたー。よろしくお願いしますね」

「はい、では」

「毎度どうもでーす」

せっかく西に来たので井戸で水を汲んで補充しておきましょう。何だかんだ使いますからね。

ではせっせと薬を作って、時間が来たら寝るとしましょう。

■公式掲示板２

【攻略……】総合攻略スレ　53【ってなんだ？】

1. 通りすがりの攻略者
　ここは総合攻略スレです。
　攻略に関する事を書き込みましょう。
　前スレ：http://＊＊＊＊＊＊＊＊
　>>980 次スレお願いします。

253. 通りすがりの攻略者
　さて、正規ルートから外れてわざわざ小船で海に旅立って逝った猛者達は忘れて、インスタンスイベントはクリアできそうですか？

254. 通りすがりの攻略者
　進捗ダメです。

255. 通りすがりの攻略者

つうか、レベル的にありゃ無理だ。

256. 通りすがりの攻略者

ですよねー。

257. 通りすがりの攻略者

推奨30後半かなー。

258. 通りすがりの攻略者

戦いづらさ考えるとそのぐらい欲しいだろうな……。

259. 通りすがりの攻略者

ＰＴによっては40台だな……。

260. 通りすがりの攻略者

脳筋には辛いぜ。

261. 通りすがりの攻略者

それな。

262. ミード

北西攻略組、今いますか？

263. 通りすがりの攻略者

いるでー。

264. 通りすがりの攻略者

おるでー。

265. 通りすがりの攻略者
おらんでー。

266. 通りすがりの攻略者
いるぜー、ミードの姉貴。

267. ミード
少々思うことがあったので、確認してきました。攻略できそうです。

268. 通りすがりの攻略者
まじで？

269. 通りすがりの攻略者
なんぞ？

270. ミード
間違いなくこちらも商人が通っているはずなのです。なので商人に聞いてきました。

271. 通りすがりの攻略者
あー……ね。まだこのゲームに慣れてない感あるな。

272. 通りすがりの攻略者
そうか……人が住んでいる以上、移動法も住人は確立してるのか。

273. ミード

そういう事です。もっと頼れということでしょうね。

魅了は見なければいい。よそ見せず真っ直ぐ道だけ見てればかかることはない。

毒、麻痺(まひ)、混乱は【そよ風(ブリーズ)】で鱗粉(りんぷん)を飛ばせばかかることはない。

商人は馬に【そよ風】の魔道具を持たせ、馬車に乗り通過しているそうです。
274. 通りすがりの攻略者
まじかー……。鱗粉媒体かー。
275. 通りすがりの攻略者
単体指定型魔法かと思ってたんだが、そういう回避法もありなのな?
276. 通りすがりの攻略者
魔法で鱗粉を媒体に作って、単体指定で飛ばすから、【そよ風】で回避可とか?
277. 通りすがりの攻略者
そう言えば、コアトルの毒も射撃系だったたな……?
278. 通りすがりの攻略者
そうか。あれも当たらなきゃ毒らないもんな。それの鱗粉バージョンなだけか。
279. 通りすがりの攻略者
突然キャラに毒っぽいエフェクト出て判定じゃないもんな……。
280. ミード
そういう事ですね。という事で、【そよ風】試しましょう。

281. 通りすがりの攻略者
了解！
282. 通りすがりの攻略者
御意！
283. 通りすがりの攻略者
ヒャッハー！　一番乗りは俺だぁ！
284. 通りすがりの攻略者
>>283 大好きなのは？
285. 通りすがりの攻略者
>>284 暴力ぅ！　金ぇ！　女ぁ！　グへへへ！
286. 通りすがりの攻略者
世紀末だった。
287. 通りすがりの攻略者
>>285 さてはお前モヒカンだな？
288. モヒカン
>>287 正解だぁ！　兄弟！　ヒへへへ！
289. 通りすがりの攻略者
>>288 髪型どころかプレイヤーネームがモヒカンじゃねぇか！　これはさすがに草。

290. 通りすがりの攻略者
　そういや……明らかにゲーム間違えた濃い奴がいたな……。
291. 通りすがりの攻略者
　ああ……モヒカンで上半身ベルト巻き付け、肩パッドとかあるあれか……。
292. 通りすがりの攻略者
　あそこまで行くとちょっとSS欲しいって思ったわ。
293. モヒカン
　＞＞292 言えば撮らせてやるぜぇ？　ヒヒヒ、びんびんだぁ！
294. 通りすがりの攻略者
　＞＞293 ナニがビンビンだぁ!?
295. モヒカン
　＞＞294 そりゃおめぇあれよぉ！
296. 通りすがりの攻略者
　＞＞295 ズキュゥゥン！
297. 通りすがりの攻略者
　＞＞296 やめろぉ！　消されたらどうすんだぁ！
298. 通りすがりの攻略者
　＞＞297 書き込み時に消えてないからセフセフ！

299. 運営
まあ……良いでしょう。
300. 通りすがりの攻略者
草。
301. 通りすがりの攻略者
ゆ る さ れ た。
302. 通りすがりの攻略者
あれかー見た時笑ったなー。あそこまでできんのかと。
303. モヒカン
>>302 おっちゃんとダンテルには感謝してるぜぇ?
304. 通りすがりの攻略者
>>303 あ の ふ た り か。
305. 通りすがりの攻略者
>>304 まあ、防具だもんな……。革と金属ならそうなるな……。

435. ミード
北西第三エリア、ベラフォント到達しました。
436. 通りすがりの攻略者

おー、行ったかー！

437. モヒカン

ヒヒヒ、たまんねぇなぁ！　良い場所だぁ！

438. 通りすがりの攻略者

お　前　も　行　っ　た　ん　か。

439. 通りすがりの攻略者

おう、その場にいた数人でＰＴ組んで行ってきたぜ。

440. モヒカン

綺麗(きれい)な姉ちゃんに誘われちゃ断れんよなぁ。ギャハハハ！

441. 通りすがりの攻略者

姉貴あれ誘ったん⁉

442. ミード

まあ、あの場にいるだけあって腕は良いですからね。

443. 通りすがりの攻略者

うん、普通にＰＴプレイ上手くて何も言えなかったわ。

444. モヒカン

ヒヒヒ、兄弟と連携するのは当然だろぉー？　じゃないとおっ死(ち)んじまうぜぇ？

445. 通りすがりの攻略者

このモヒカン非常識な格好かつ下品な言葉で常識的なこと言ってきて辛い。

446. 通りすがりの攻略者
それは草。

447. ミード
ヒャッハー系良い人でしたね。とりあえず【そよ風】で突っ走るが正解です。

448. 通りすがりの攻略者
おつおつ！

449. 通りすがりの攻略者
行き方が確立したかー。

450. 通りすがりの攻略者
現状南は見送りだな。

451. 通りすがりの攻略者
イベント待機かなー。

452. 通りすがりの攻略者
そうな。

04　第二回公式イベント当日

イベント開始まで後20分ぐらいなので、待ち合わせ場所へ向かいます。

「アルフさん、ごきげんよう」

「やあ姫様」

「スケさんはまだ？」

「まだだねぇ。ログインはしてるし、そのうち来るでしょう」

「イベント開始までもう少しありますからね。ところでアルフさん、武器変えたんですか？」

「そうなんだよねー。レアスキル解放されて取ったんだ。解放条件は秘密……というか、俺も分からん。両手武器を持っても装備の片枠しか占領しない。おかげで両手剣と大盾さ！」

レアスキルは解放された人にも条件が分からないのですか。自分で探せってことですかね？　内容的に筋力とかが関係してそうですけど……。

「それは良いですね。スキルの扱いは？」

「武器の要求器用値に、要求筋力値の半分を足した値以上なら、参照が片手と両手の高い方になって、アーツも両方を使えるようになるらしい」

「大盾持ったタンクが《両手剣》アーツを使えるわけですか。問題は……」

「うん、武器の要求ステータスが分からないことだね。良いことばかりだと思いきや、このゲームで両手剣を片手で振り回すのは、長さ的にもバランス的にも使い勝手が悪過ぎる」

「それでバスタードソードですか」

「そ。考えた結果、エルッにこれを頼んだ。少し大きい片手剣と思えば悪くない。《両手剣》スキルも取ったから、隙があれば狙っていきたいね」

戦術の幅は広がるでしょうから、良いことですね。

「ごめ～ん待った～？」

「うるせぇわ。骨でそのセリフやめろ」

微妙にクネクネしてるのがまたなんとも言えませんね。スケさんなので骨ですし、絵面で言えばとても気持ち悪い。見なかったことにして2人をＰＴに誘います。

「よろしく！」

「よろしくおねがいしますね」

皆楽しみにしているのか、町にかなりの人数が集まりワイワイガヤガヤしています。

「こうしてみると、だいぶ初心者装備減ったね？」

「確かに減りましたね」

「見た目があれだからねー。さっさと変えたいでしょー」

「まあ、初心者装備脱却がまず目標にはなるか」

「私は初期装備がボロ布でしたね……」

「ＨＡＨＡＨＡ、僕は今も全裸マン」

「人外種の宿命だわな」

そう言えば下僕達は防具の装備ができるのに、スケさんは未だ素っ裸ですね。現状武器とアクセぐらいしか装備させてもらえないそうですが……イベント始まったら一号に確認しましょう。

「あ！　ターシャです！」

「あらほんと。ごきげんよう、ターシャ」

「ごきげんようターシャ！」

「ごきげんよう、エリー、アビー」

２人の後ろにはレティさんとドリーさんもいますね。２人とはいつも通り特に喋(しゃべ)らず、視線のみ。

アビーもドリーさんも無事天使になれていますね。天使の翼が生えています。運営の翼よりもでかい……というより、運営の翼がデフォルメされた小さい翼で特別製なのでしょう。

「ターシャ！　魔粘土がもっと欲しいです！」

「ああ、あれですか。あれ魔石使うので原価が結構するんですよね」

「魔石……まだ見たことないです……」

「第二エリア以降の一部からですからね……」

消耗品でもあるので、現状アビーに数揃(そろ)えるのは辛そうですね。魔石さえ用意してくれれば他の材料は水と土とスライムジェルなので、こちらで配分見ながら作るんですけど……。

「《人形魔法》はどうですか？」

「楽しいです！　今3体操れるのです！」

「4人で組んで、他は人形で埋める予定よ」

「なるほど。丁度3体呼べるわけですか」

こっちはスケさんと2体ずつで5人PTですかね。人形の持ち込みはスキルを上げるとサモナーのように出し入れ可能になるようで、それで解決しているようです。

それはつまりスキルを上げなければ……大変そうですね。


のんびり話していると10分前になり、視界の端でアイコンが点滅しています。PT全員の準備完了次第、イベントフィールドへ転移されるようですね。

「行くです！」

「じゃあ運が良ければ向こうで」

「ええ、運が良ければ」

4人を見送り、私達もUIを操作して準備完了。しばらく真っ暗な中を漂います。体感速度の調整作業を済ませ、視界が戻ると……。

「「おぉー……」」

「……豪華客船？」

「世界観どうした？」

「まあ……イベントフィールドですから……」

「豪華客船に武装した人達が乗ってるのは中々シュールだね」

私達以外にもどんどんプレイヤーが転移してきます。

「ああ、他にも何隻かあるようだね」

アルフさんに言われて視線を海の方へ向けると、他にも見た目の違う豪華客船が。流石に一隻に全員は乗らないのでしょうね。分けて乗せられているようです。確かこれから漂流なので、もしかしたら船ごとに開始位置が違うかもしれません。

飛べる種族の方が他の船に向かって飛んでいき、見えない壁に阻まれていました。まあ、うん。ですよねって感じです。

水着で来た人もいるようで、豪華客船に付いているプールで遊んでいます。銛(もり)……外周は海でしょうから、選択肢としては十分ありですね。海の幸狙いですか。

残り5分というところで何やら天候が怪しくなってきました。そして再びアイコンが点滅します。確認すると今回の概要ですね。簡単に纏(まと)められています。


エントリーしたアイテム達をちゃんと今持っているかの確認。ない状態で始まるとアイテムなしになる。

体感時間を変えての8日間サバイバル。戦闘不能は1回まで。2回目で追い出し。4回目のログアウトでも追い出し。

睡眠が必要。寝不足ペナルティあり。不死者などの睡眠不要種族も中の人問題で睡眠が必要。ただしそれら種族は寝不足ペナルティがなし。

セーフティーエリアなし。ＰＫ可能エリアでもある。

持ち込みは申請したアイテム１種類のみ。所持金もイベントエリア中は０に。

持ち込んだ装備や消耗品は状態が保存されており、イベント終了後に自動修復、自動補充される。気兼ねなく使おう。

イベント中で発見したアイテムは『イベント専用アイテムリスト』に登録され、イベント後の報酬交換リストに名前が出現。このリストは全プレイヤー共有であり、誰か一人でも発見すれば良い。プレイヤーが加工した完成品など、ここから選べないのは全て没収されるので、生きるために迷いなく使うように。

イベント中のスキル取得は個人評価が下がる。どのぐらい下がるかはスキル次第。評価の公開はイベント終了時にランキングで。

イベント後に少し便利な報酬と交換可能。

「お、景品リストなんかあるんだね。どれどれー？」

「戦闘消耗品ボックス？　生産素材ボックス？　……週間クエストかな？」

「あ、私これ欲しいです。湧き出る水筒」

「えー……中に入れた液体を登録すると、魔力を注ぐことでその液体が湧き出る魔法の水筒。魔法薬や一部液体不可。……なるほど」

「料理用の品質の高い水を入れておきたいですね。汲みに行くのが面倒な水とか」

「お、ステータス強化系のアクセもあるよ？　上昇は控えめらしいけど」

「イベント景品だからそんなもんでしょ」

イベント品はプレイヤーメイドの生産品を超えることはないでしょう。なのでめっちゃ強いというような物はありませんね。おや、ハウジングアイテムだ。コレを交換しておくのもありですね。それとイベント専用アイテムリストは全て？？？ですね。始まってないため発見アイテムがあるわけないので、当然でしょう。

「ふははは！　はーっはっは！　俺だぁ！　どうも八塚です」

「基本的にはお久しぶりです。三武です」

私は武闘大会以来ですね。お久しぶりじゃない人は、何かしらの理由でＧＭのお世話になった人でしょう……。

「第二回公式イベント『夏といえばキャンプ』が始まるぞー！」

「『あなたは無人島に何を持っていきますか？』というお決まりの主題です」

「インフォは確認したかー？　イベントルールだから確認しておくように」

「少し便利な報酬と交換できますが、このイベントのメインはどちらかというとレベル上げなので、控えめですよ」

まあ、あまり良い報酬出てしまうと醜い争いが始まりますからね……。でも今回のイベントは協力前提でしょうから、１人で抜け駆けしようにも無理では？

「アイテムの確認はしたかー？　インベになかったら何も持たずに転送されるぞー。ちなみに所持金も0にされるけど、慌てなくていいぞ！」

「サバイバルにお金は不要ですからね」

イベント中に一陣から装備を受け取り、そのままイベント終了後も使う……なんてことがないようにする対策でしょう。

逆に言えば、イベント中はエルツさん達の装備を使える可能性があるわけで。トップ生産組の生産品体験ですね。しかも使い切らないと、イベント終了後どっちにしろ消えるという。

「ゲーム内8日間。体感的には1週間ちょっと。楽しんでくれたまえ！　ちなみになんで8日なのかというと、ゲーム内1週間が4日だからだ！」

「ゲーム内的には2週間ほど、異人達の数が激減するわけですね」

普段のリアルで言うと2日分。リアル1日ゲーム内4日。ゲーム内4日がゲーム内一週間。ただ今回は体感速度も弄るので、数時間で1週間ちょっとの無人島サバイバル体験ですね。

「二陣は第二、第三エリアを目指して。一陣は第四エリアへの足しにしてくれ！」

「普段はあまり接点のないだろう、一陣と二陣の交流が目的でもあります」

「魔物がいる少しデンジャラスなサバイバルを楽しんでくれたまえ！」

少しで済むと良いんですけど……。

「あ、そうそう掲示板ですが、向こうで合流しないと同じ船の人達だけですので」

「まずは合流を目指すと良いぞ！」

ふむぅ？　まあ、海岸沿いを進めば合流できるでしょう。全員漂流ですからね。

周囲はすっかり暗くなり、雨が降り波が高くなります。このゲーム船酔いあるんですかね？　ありそうですねー……。

「さあ、嵐が来たぞ！」

「あ、空に逃げても無駄ですので」

「俺らが蹴り落としてやるからな！」

まさかの物理。すっかり雷雨になりましたね。しかし、このサイズの豪華客船はそう簡単に潰れないと思うのですが……。

「『は、早くして……でそう……』」

船酔い……あるんですね……。時間になりましたよ。良かったですね。

「いやいやいや、高波ってレベルじゃないいな？」

「何メートルかな？」

「10メートルクラスでしょうか？　ぶつかった時点で相当ヤバそうですけど？」

「あれに飲まれるのかー」

「大迫力ですねー……」

「あ、待たなくても自分から海に飛び込めば移動されるぞ！」

「『おまっおせぇよ！　グワーッ！』」

波って速いんですよ。物凄い音と共に波に飲み込まれ、視点が暗転します。

05　夏といえばキャンプ　初日

真っ暗だし、体も動きません。既に海岸にいるようなのですが、目が覚めるまでというカウントが進んでいるので、待つしかありませんね。

「お、姫様見つけた。起こせるのか？」

アルフさんはもう起きているのですね。私はもう少しです。

「ふむ、声だけじゃ意味ないのか？　揺すってみようか」

ゆさゆさされると残り少ないカウントが飛び、起きれました。

「おはよう」

「おはようございます。声だけじゃカウントに変化ありませんでしたよ」

「揺すらないとだめかー。とりあえず眼福だけど【洗浄(クリーン)】使っておきな」

ああ、濡(ぬ)れて張り付いているのですか。砂も付いていますし、【洗浄】で綺麗(きれい)にしておきます。

「んー……ステータス依存か？　装備的にＳＴＲ……いや、ＶＩＴかな？　とりあえずこの場合……女性から起こしてあげた方が良いんだろうか。そうするか」

ふむ？　確かに重装備の人が起きるの早いですね。起きる速度がステータス依存だとしたら……

体力依存でしょうね。アルフさんに起こされなくても、後4秒ぐらいで起きれましたから。私は筋力は絶望的でも、体力は高いですからね。

とりあえず女性プレイヤーから起こしましょうか。いや、【洗浄】だけ使用していくのが正解ですかね。最初数人だけ起こして手伝ってもらいましょう。

「あ、スケさんここにいましたか」

白い砂浜に打ち上げられているメタリックな骨。ホラーですね。白よりはマシですけど。

「返事がない……ただの屍のようだ……」

「『骨だからガチなんだよなぁ……』」

……反応すらできないのであれですね。周りがウケたので良しとしましょう。さて、アホやってないで起こしましょうか。

「おはようございます」

「おはよう！　カウントがなげーのなんの」

「体力依存だと思います。つまりスケさんはまだマシな方ですね」

「不死者の中では低い方だけど、他よりは高いかー」

起きたり起こされたりで動ける人が増えたので、近いうちに全員起きるでしょう。おや？　あれは……。ゆさゆさして起こします。

「ミードさん同じ船だったんですね」

「ああ、姫様。助かります」

「エルフは体力低いですからね……。他に知り合いいました？」

「エレンがいたはずですが……」

「まだ見てませんね。……妖精種探すの大変では？」

「確かに。体力もかなり低いはずです」

「……すみません皆さん。どっかにフェアリーのフェアエレンさんがいるはずです。探してもらえますか？」

踏まれていないことを祈りつつ、皆で探しましょう。

「いたかー？」

「いねぇなー」

「ぬ？　サラマンダーじゃないか」

「お、いたぞー！」

「うははは！　助かったー！　30分は長過ぎだ運営！　起こされるの前提なんだろうけど！」

妖精種は小さいのでソコソコかかりましたね。他の人も起こされたようで。

「皆起きたでしょうから、後は自由ですかね」

「皆好きにやるでしょ。僕達はどーするー？」

「ミニマップが行ったところしか表示されないタイプか」

「私が飛び回れば解決ー？」

んー……フェアエレンさんに飛んでもらうのも良いですが、少々リスクが高いですね。死亡回数制限がある以上、避けるべきでしょう。マップ情報共有機能はある……となると……。

「フェアエレンさんは掲示板のために海岸沿いを飛んでください。マップは私とスケさんの下僕を使いましょう」

「ああ、そうしようか」

「おっけー！　じゃあ早速行ってくる！」

飛んでいくフェアエレンさんを見送り、《死霊秘法》を見ます。コストが軽く……飛行速度が速い……ホーク系ですかね。スキルも上空偵察型で固め、テンプレートとして保存しておきましょうか。《感知》や《看破》、《鷹の目》で視力強化などですね。

「一号、偵察です。この島の大まかな状態が分かればいいので、空を回って戻ってくるように」

「カクン」

「ああそれとスケルトンの時ですが、防具を付けてるとペナルティがある？」

「カクン」

「……誤差？」

「カタカタ」

「外しておきましょうか……」

装備できるけど装備するとペナルティとは、おのれ運営小癪な罠を……。防具は外しておくとして、偵察に行ってもらいましょう。

「では一号、頼みましたよ。勝てそうにない敵なら逃げるように」

「カタカタカタ」

スケさんの下僕と一緒に飛んでいきました。

マップを確認すると変化していきますね。まず何も分からない状態から、視界内が薄く表示されていきます。一号の通った後はいつも通り濃く記されていますね。

「ん、これダンジョン仕様のミニマップだねー」

「そうなんですか？」

「二陣用に作られたあのダンジョンもそうでさー」

「あれですか」

「薄いのは遠くから見ただけ。濃いのがちゃんと通った場所だね。本格的なダンジョンがまだないから、正確な違いは不明」

「先の道は見ればどうなってるか分かるけど、罠などの細かいのまでは不明……でしょうか？」

「恐らくそうじゃないかとは言われてるね。そういう斥候用スキルもあるんじゃないか……と」

「ふぅむ……とりあえずあれですね。地形が分かれば十分なので、視界のみの薄い状態だけでいいでしょう」

「細かくは地上行くしかないだろうから良いんじゃないかなー」

「ではそれで。ミードさんはどうしますか？」

「そうですね……二陣がいるので、外周部分はそこまで強くないはずです。なので森にでも入ってみようかと」

「では今の状態のマップを渡しておきますね」

「助かります」

前方に広がる森へ向かうミードさんを見送ります。

ああ、そうだ。今のうちに持ち物の確認もしておきましょう。

「持ち物は……料理キットのみで、キットの収納は……全滅ですか。ですよね」

「流石にダメだったかー」

料理以外にも収納あるでしょうからね。それを考えるとやっぱり無理でしょう。

「スケさん、どうですか？」

「んー……森だねぇ。北に山があるけど……」

「こっちも森ですね。やたらでかい木は見えてるあれでしょうね……」

「おわーっ！　下僕が殺られたー！」

「まじですか」

「北には行かせない方が良いかも」

「そう言われましてもねー」

「だよねー」

今のところ命令は声のみですからねー……。そのうち念話やらが可能になると思うのですが……

うん？　お、さすが一号。動き的にがん逃げしているのでは？　少し北側が不十分ですが、十分全体像は分かったので良しとしましょうか。

マップによると三角……微妙に丸みがあるので、おにぎり形と言うべきでしょうか。私達は左下……西側の南側に漂流したようですね。

スケさんのは西から北、一号が東から北へ向かって飛んでいったようです。そして北を目指す最中にがん逃げして、西を通り帰ってきました。

「一号、上出来です」

「カタカタカタ」

「北は飛行ですか？」

「カクン」

「地上からの狙撃はありましたか？」

「カタカタ」

北に飛行がいて、地上からの狙撃はなかったと。

北から東と西に川が流れていて……西側には湖がありますね。島の中央付近、東と西の森が繋(つな)がらずに禿(は)げているのが気になりますが……今は良いでしょう。

東の森と西の森にはお互い中央辺りに大木が。ただ、東の方が明らかに大きいですね。

外周は海と砂浜。北側は見えてませんが、マップから察するに絶壁でしょうか。北は砂浜がなさそうです。

今分かるのはこのぐらい……と。２人とマップを共有しておきます。

「ふぅん……なるほどね……」

「まー……このまま北上して西側の森を探索かなー？」

「無難にそうしましょう。召喚はどうしますか？」

「森か……馬はないなー。姫様キャパは？」

「今は……６３００ですね」

「僕の方が多いけど……この場合大して変わらないか。ベアとオーガ出そうかな」

「私はどうしましょうか。飛行いります？」

「森だし偵察はあれだね……。攻撃型で牽制させるのが良いかな？」

「３体出しても良いよー？　こっち２体の３倍だけで６０００持ってかれるから」

ベアとオーガのサイズのせいですね。んー……スケルトン、ウルフ、アウル。全員３倍の上乗せ。スケルトンとアウルは職業カスタム、ウルフは２ヵ所カスタムで合計コスト６０００。

一号は両手剣でソルジャー。二号は片手剣と小盾。三号はフクロウなので装備はなしで、職業はシーフに。スキルもガチガチの戦闘構成で。

よし、では北上して森へ向かいます。ミードさん達が向かいましたが、進捗どうでしょうかね。

フェアエレンさんも北の飛行に食われてないと良いのですが。飲み込み判定に負けると即死ですからね。小さい種族専用戦法として、わざと口に飛び込みバースト魔法をぶちかます……という荒業を聞いた時は笑いましたが。口中は基本的に弱点判定らしいですよ。大体発動後は怯みが入って口から出られるらしいとか。

「んー……敵も弱いな？　もっと奥目指さないとダメかね」

「掲示板でも見てみようかー。そろそろ合流できてるんじゃない？」

アルフさんと下僕達が周囲の警戒で敵を。スケさんが掲示板を。私が周囲のアイテムを探します。

薬草、毒草、カッセイタケ、ヒカゲシビレタケなどなど……見覚えのある物が沢山ありますね。

これらはポーションの材料なので、必須でしょう。

「おや、木の実ですね」

「お、食材かな？」

［素材］　弾ける木の実　レア：Ｎｏ　品質：Ｃ
弾けるほどの美味さ……。
《料理人》
ではなく、一定以上の刺激を与えると弾けて異臭を放つ。
《錬金術》
直接投げるかポーションのようにすることで、ある程度の獣を追い払えそうだ。

「……これは酷い……何という罠」

「あー……ＰＴで《鑑定》共有かな？　こっちでも見れた……」

「素材判定に疑問を覚えるかが勝負かな？」

「確かにジャンルが食材ではないですね」

［食材］　フラガリア　レア：Ｎｏ　品質：Ｃ
甘くて美味しい。
《料理人》
直接食べるのも良いが、潰して搾り冷やしたミルクで割ると良さそうだ。

「おや、普通に食べれるのもありますね。三号、あれ採れますか？」

いちごがベースでしょうか。思いっきり木からぶら下がっていることには目を瞑りましょう。ゲームですゲーム。逆に言えばこれだけでも異世界感はでるので、良い手段ではありますか。

「リンゴみたいにいちごができるのかー」

「大粒だな。俺ら食べれないけど」

「交換用に採取はしておきますね」

「「おっけー」」

お金がない協力系ですから、つまり物々交換です。交換用として採取しておきましょう。薬草なども採りながら少しずつ奥を目指します。

「ん？　ああ、ミードさんですか。進捗どうですか？」

「微妙ですね。敵も弱いですし。姫様これ《鑑定》できましたか？」

「弾ける木の実ですね。地雷ですよ」

「ジャンルが素材だったので、警戒しておいて正解でしたか。ではフラガリアは？」

「そちらが食べれます」

「なるほど、助かります」

ミードさんと話していると、掲示板を見ていたスケさんがミードさんに確認を。

「敵のレベルどのぐらいだったー？」

「今のところ最大は23とかです」

「こっちは二陣用かな？　東と北が30台だってさー。ただ、北の山はかなり強いらしいよ」

どうやら安全な方角に漂流したようですね。

「でも30台なんですよね？」

「知り合いで言うとセシルやルゼバラム、トモ組が苦戦してるっぽい」

「……トップ組じゃないですか。敵はなんです？」

「なんとワイバーンさ！　僕の下僕もコレに落とされたっぽい」

なるほど、亜竜ですか。となると、種族特性によるものですかね。アンデッドや動物系は体力が高いなどありますから、竜は強いのがお約束です。

「それは気になりますが……まずは食料や寝床の確保を優先します。この森が一番低いのなら拠点はこちらですかね」

ミードさんはエルフですから、食事も睡眠も必須です。狩り場より食料と寝床優先。

「姫様、マップ掲示板に出しとくよー？」

「ええ、構いませんが……先にミードさんと統合しておいては？」

「そうしましょうか」

「ああ待って、それならえっと……セシルのマップ貰って……よし」

「助かります。こうなっているのですか」

「よし、これで掲示板に出せば……っと」

とりあえず私達のいる西の森に集まる予定のようですね。30台とか二陣は死ぬので、一陣が護衛しながらこちらを目指すようです。

北は亜竜やゴーレムなど割と大型系。東は植物系。西は動物や虫、鳥などが確認されているようですね。

ミードさんは西の森中央付近にある大木を目指すそうなので、ひとまずお別れ。

「私達は湖でも目指しますか？」

「西の北側にあるこれ？」

「大木、もしくは湖。何かあれば良いな……と」

「じゃあ行きますか」

「現状特に情報ないからねー」

再びアルフさんと下僕は敵警戒。スケさんは掲示板。私が素材系と役割分担をしつつ、北側にある湖を目指します。

「おや、リン……？」

［食材］　アプレン　レア：Ｎｏ　品質：Ｃ
リンゴとオレンジの混ざったような味がする果実。
《料理人》
搾って繊維は捨てよう。丸齧り（まるかじ）すると混乱する。

「……はい。普通に食べれるフラガリアがむしろ貴重なのでは？」

「まあ、なんでもかんでも普通に食べれるなら面白みないし？」

「そう言われると確かに」

とりあえず採取はしておきます。見た目はみかん、色はリンゴ。

「む、戦闘準備！」

「ラプターの群れですか。狩りにでも来たんですかね？」

「……お？　帰っていった」

「明らかに美味しくないと判断したのではないでしょうか……」

「鎧（よろい）1、骨6、ゾンビ1。食事目当てじゃ戦う必要がないねー」

「ですね……ん？　ノリで言いましたが実際にそうだった場合、このイベントエリアはＡＩが特殊ですね」

「ああ、確かに」

「でもさっきから地味にアルフ戦ってない？」

「食事ではなく、縄張り意識からの争いという可能性は？」

「「なるほど……」」

「まあ、ただの妄想の域を出ませんが。純粋にこちらは数が多いですからね」

「群れで狩りしている以上、多少利口か？　まあ、引き続き移動しようかね」

　1体まではPTカウントされないので、実質こちらは8体です。ラプターは28レベ5体でした。ベース的には適正レベルですね。

　戦わずに済んで楽と思うか……逃げるという選択をすると知ったので、肉の確保が面倒になったと取るべきか。我々は食べなくても良いですが、食材調達班は大変ですね？

　狩るなら少数精鋭。採取ならフルPTでの移動でしょうか。まあ、もう少ししないと判断するには情報が足りませんね。

「中々楽しくなってきましたね？」

「だねー」

「問題は食事不要種族で逆に悲しい感じがひしひしと……」

「ある意味最重要項目を気にする必要がありませんからね……」

　普段のゲームでは楽ですけど、こういうイベントとなると少々寂しいですね。皆は今頃必死に食材探しに駆けずり回っていることでしょう。北と東はそれどころじゃないかもしれませんが。

　とりあえず私達は湖を目指します。

実際歩いてみると、そう広くありませんね。8日しかないのに移動だけで数日かかっても困りますが。

[食材] インディカ　レア：No　品質：C
とっても美味しそう！
《料理人》
少量で死に至る神経毒を持つ。
水で分解されるので、流水に5分さらすと解毒できる。
お湯や水に浸けるだけだと不十分である。
《錬金術》
少量で死に至る神経毒を持つ。
水に浸けて神経毒を抽出すれば攻撃に使えそうだ。

……さっきからアイテム全てが『ちゃんと《鑑定》しろよ』って訴えかけているレベルの雑っぷりですね。しかもエグい。見た目は赤と黄色のグラデーション。色や形的に元はアップルマンゴーでしょうか。
途中から川沿いを進み、湖に来たは良いのですが……はて？
「んー……状況が分からん」

「捕食と被食じゃねー？　蛇に睨まれた蛙的な……」

敵同士が睨み合っています。やはりこのイベントエリア、ＡＩが特殊ですね？　孤立して囲まれているイノシシと、囲んでいるラプター。完全にただの狩り風景でしょう。イベントの可能性がなさ過ぎて悲しいですね。

「食物連鎖が成立しているマップだと考えれば、イベントではなく日常風景……」

「これ湖は外れだったかな？　敵多いよね？」

「ですね。失敗したかもしれません。水飲み場なのでしょう」

「水を飲みに来た草食を狙ってる肉食かな……。《危険感知》の反応が凄い」

「周囲の森に隠れてるのが沢山いますね」

私達も茂みに隠れながらコソコソしているので、どっこいどっこいでしょうけど。

周りは海なので、水を飲むとしたら川か湖ですか。大きめの川が北から東と西に分かれて流れていますが、エンカウント率が高そうですね。水の近くは注意が必要と覚えておきましょう。

「これ、乗り込んでも美味しくないなー……」

「下手したら連戦ですね。イベント中に死ぬのは避けたいところです」

「マジのサバイバル感出てきたなぁ。敵もサバイバルしてるとか」

「まさに野生ですね……」

生態系頂点はワイバーンでしょうか？　ラプターぐらい食べそうですよね、ワイバーン。

あ、さらばイノシシ。

「どうすっぺ？」

「どうしましょうね」

「どーしようねぇ……」

《感知》の2次スキルである《危険感知》も敵の位置は分かるのですが、どちらも敵の種類までは分かりません。あ、いるな……程度です。上位スキルになったことで、感知した敵の位置もマップに表示されるようになったのは便利ですけどね。

「隠れているのがどっち側か……それが問題だ」

「好戦的じゃないと楽なんですけどねー」

ラプターはイノシシを食べた後、水を飲んでからスタスタ北へ向かっていきました。お食事完了ですかね。

しばらくしてから隠れていた者達が出てきて、水を飲み始めます。

「鼠(ねずみ)系と兎(うさぎ)系か」

「飲んだらさっさと引っ込んでいくね」

「長居しないようですね。食われる可能性が上がるからでしょうか」

「ラプターがあれだけのわけないし？　ここに拠点置くのは無理か……」

「残念ですが、幸い魔法で水は出せるのでなんとかなるでしょう」

水、洗濯、水浴び。これらは《魔法技能》で覚える生活魔法でなんとかなります。そういう意味ではリアルよりは楽でしょうか？　リアルより敵性生物とのエンカウント率が遥(はる)かに高いですけど。

　問題はセーフティーエリアがないので、ＨＰやＭＰ管理がかなり厳しいですね。

「おや、月花草だ」

「確かＭＰポーションでしたか？」

「そうそう。採取しておきたいなー」

　スケさんが発見した月花草はサルーテさんに渡したいところですね……。

「ところで姫様、採取についてはどう思う？」

「どうとは……ああもしかして、有限かどうかですか？」

「うん」

「……通常通り個人判定でした？」

「そこは変化なかったね」

「でしたらゲーム的処理だと思います。そうですね……なるべくリアルに寄せたとしても……復活に1日でしょうか？」

「ふむ、いくらこの森でも8日は枯渇するか」

「全員ではないにしろ6万近いはずですからね。復活しないと無理でしょう……」

「ＰＫ自体は可能だから取り合いになるか」

　スケさんが湖の状況を掲示板に書き込み、情報を共有しておきます。

「おっちゃん達は東かなー。北にはいないっぽいし」

「まだ全体合流はできてない系？」

「東とまだっぽいねぇ」

「三号と接触させれば合流にならないでしょうか？」

「召喚体はどーだろうなぁ……」

少なくとも見ただけでは合流判定になってないいんですよね。地形確認時に一号の視界に入ってはいるでしょうから。三号を派遣するべきでしょうか？　……意思疎通ができない。マーカー見るより先に攻撃されて終わりですかね。やめましょう。

「……おや？　あそこ一帯は葉が違いますね」

「ホントだ。なんかの素材かな？」

ラプターがイノシシをバリムシャァした後、ある程度落ち着いた湖へ向かい周囲の確認。

少し離れたところにスケさんの発見した月花草群生地。更に別のところに葉の違う一帯。早速チェックしましょう。

「あ、これニンジンですね」

「おー、収穫じゃー！」

アルフさんに警戒してもらって、スケさんと2人で収穫します。1本2本と引っこ抜いていきます。

「よい……うん？　なにこ……」

「ゴルァ！」

「へぶぅ⁉」

「姫様ぁ⁉」

なんか物凄い渋い顔の付いたニンジンに頬を蹴られました……不敬ですね。

「なん……なんだ、このなんとも言えない奴は……」

「マンドラゴルァ！　セクシーダイコン科……」

「完全にネタＭｏｂじゃねぇか！」

「ふふふ……初めてですよ。ニンジンに足蹴にされたのは……」

「『そりゃそうだろうよ……』」

「極刑ですね……」

蹴りに突っ込んできたニンジンモドキを叩き斬ります。

「おふざけが過ぎましてよ！」

「ゴ……ルァ……！」

「『む？』」

「おや？　まさか死亡時特定スキル使用ですか？」

声と同時にバースト系のようなエフェクトが円状に広がりましたので、何かしらあると思うのですが……私達には特に影響は出ていないと。

マンドラゴラのネタＭｏｂでしょうから、即死か状態異常だと思います。ただ、イベントルール的に即死はないでしょう。そう考えると何かしらの状態異常ですね。つまり私達に影響はない。

「《鑑定》による見分けが……一応可能ですね」

「僕分からんわ。キーは《料理》系かー」

「ですね。ってこいつ……何も出さないじゃないですか……」

「ただの嫌がらせか？　この運営ならやりそうだな……」

せっせと本物のニンジンだけ収穫していきます。スケさんが私と同じところを抜いていく作戦を実行しましたが、個人によって配置が違うようで。

「マンドラ……ゴルァ！」

「おうっふぅ」

蹴り飛ばされていました。スケさんが割と頻繁に蹴られるのを横目に、せっせと収穫。

「くそぉ！」

何気に蹴りのノックバックが強いんですよね。奴を引っこ抜いては蹴られて飛ばされるスケさん。

「この辺りはこんなものでしょうか？」

「………………」

最初のうちは避けようと頑張ったようですが、どう足掻(あが)いても引っこ抜いた直後は蹴られるようで、もはや掲示板を見ながら無言で蹴り飛ばされるスケさん。

ぶっちゃけ弱いので、考えることをやめたのでしょう。

「小動物達がどっか行って欲しそうに俺達を見ている……」

「やはり大木を目指すべきでしょうか？」

「ただぶらつくだけでも良いっぽい。結構そこらに色々あるようだよー」

「逆に歩き回ってメモしていくのが正解ですかね……」

「まずは探索だぁ」

では、歩き回ってどこに何があるかをまずメモしていきましょう。

フラフラと歩き回っては採取していきます。その間スケさんがマップにメモを書き込んでおきます。後でマップのメモ情報ごと共有すると楽だよ……と。

「ん……？」

「む……？」

ふと《直感》が反応したので、レイピアの柄に手を添えつつそちらを見ます。

「どった？」

「《直感》が動いたんだが……」

「何もいませんね？」

「ほぉーん？　2人の《直感》で見つからないのがいるー？」

「魔力視でも特に見えませんね」

「気のせいじゃなさそうだし、動きが速いのかな？」

2人同時だったので気のせいではないでしょう。そうなると我々が見る前に移動したと考えるべきですね。

魔力視で見えていないので光学迷彩タイプではなさそうです。生物である以上魔力は持っているので、姿が見えなくても魔力は見えるようですよ。師匠であるメーガンお婆ちゃん情報です。《魔力隠蔽》や《魔力遮断》などのスキルがあるようなので、過信はできないようですけどね。

探索を続けますが、ちょいちょい《直感》が反応します。気になりますが謎ですね。興味を惹いているのか、監視されているのか……。突然島に来た我々なのでどっちの可能性もあるんですよね。私達は餌として狙うにはとても向いていませんから、そっちの線はないと思っています。

それなりの知能がある……前提ですけど。そもそも同じ個体が見ている保証もありませんからね。

つまり現状では情報が足りな過ぎると。

「なるほど、ここは草原でしたか」

「みたいだね。ただ、なんだ……？」

「……戦闘痕かな？」

「っぽいですね……？　ここに陣取るのが良いと思ったのですが……」

この島で開けている場所は外周海岸、北西側の湖、そして中央の3ヵ所。キャンプ用のテントを考えると砂浜はやり辛いでしょうし、湖は獣達の水飲み場。そうなると最後中央だったのですがこれは……。

「様子見るべきですかね……」

「気にはなるけど、ここ以外に拠点になりそうな場所なくない？」

「お、あっちに生えてるの小麦じゃねー？」

「どこを拠点にするかはＰＴ単位で決めることですから、候補の一つにはなりますね。判断は丸投げで良いでしょう」

掲示板への書き込みはスケさんに任せ、小麦の収穫へ向かいます。一面小麦畑ですねー。小麦の絨毯（じゅうたん）が風でゆさゆさしています。

「あ、鎌がないですね……レイピアで良いか」

「どうせ下の方は使わないし、良いんじゃない？」

「一号、上持って」

「カクン」

一号に上を持たせ、私は下を切っていきます。

「ふんふんふーん」

「そう言えば、どうやって小麦粉にすんの？」

「ん……？　はて？」

おや？　言われてみれば小麦粉にする道具なんか持ってませんね。時代的には……挽（ひ）き臼（うす）ですかね。風車や魔道具の可能性が高いですけど。

「……そうだ、プリムラさんに【粉砕】を頼めばいいのでは？」

「ああ、《木工》系と《調合》系にあるんだっけ」

「流石に料理人の分野じゃないよねー」

「「確かに」」

まあ、収穫はしておきましょう。誰かしら使うはずです。

「ふぅ……こんなものでしょう。加工できる人に渡しましょう」

「お、いたいた！　おーい！」

お？　何やら麦わら帽子にツナギで統一された6人がやってきました。鍬（くわ）やら鎌やら熊手と、物凄く農家です。というか、6人の頭上に農民って表示されています。農業系スキル取得称号ですね。

「ほっほう。早速収穫して小麦粉にしとくか」

「あ、加工できるのでしたらこちらもお願いします」

「おうよ！　これは……強力粉になるな」

「こっちに薄力粉あるぞー！」

「じゃあそっちから収穫してくれー！」

「あいよー！」

「じゃあ姫様、早速始めるから」

「ええ、お願いしますね」

「強力粉だけじゃパンは作れないからなー」

早速農家6人組は3人ずつに分かれ、全員鎌に持ち替え両端から収穫を開始しました。どうやら半分から品種が変わるようですね。よく見ていませんでした。

「あれがトップ農業プレイヤーのＰＴだよー」

「リーダーがシュタイナー。残りがバイオ、ビオ、ロジカル、ダイナミック、ビオディナミ。名前の由来は全員バイオダイナミック農法からしい」

「な、なるほど……。あれってある意味究極の農法でしたよね？」

「んだね。フォースだ何だを抜きにすると、要するに全て自然の素材を使用して作る農法。このゲームならむしろ合いそうだよねー」

「精霊とかいますからね。まだ会ったことありませんけど。そもそも化学肥料がないでしょうし」

現実だと生産量が少ない農法だと言われ、お財布にダイレクトに響くため基本的にはやらないそうです。それをゲーム内でやっているわけですね。全員が全員リアル農家というわけではないようですけど。

上を見上げるとお天道様が。位置的にお昼ですねー。昼食のお時間になりますが……昼食、あるんですかね。ハハハハハ。不死者の私、高みの見物。

「姫様やー」

「どうしました？」

「とりあえず小麦粉にするから、パン人数分頼める？」

「ああ、構いませんか？」

「いいよー」

「良いんじゃない？」

「では作りましょうか」

「助かる！」

　せっかく草原になったので、アルフさんとスケさんには馬で見てきてもらいましょうか。特にやることないでしょうからね。

「はっ……」

「どった？」

「失敗した……色々足りませんね……」

「おう、サバイバルだからな。具体的には？」

「酵母用の瓶の入れ物。果物と砂糖。後は塩ですね。瓶と塩は海岸に行けばなんとかなるでしょうが……砂糖？」

「あー……ビオ！」

「なんだー！」

「持ってる果物！　酵母に使えそうなのあるかー！」

　こちらにやってきたビオさんが出したのはアプレンですね。

「アプレンは酵母には使えないんですよね……」

「お？　情報が……なるほど、こりゃ無理だ。んー……いちごは？」

「フラガリアならできそうですね。元が甘ければ砂糖も不要なのですが……」

　一号を馬で再召喚します。職業カスタムはなし。3倍上乗せだけで同コスト。サイズによるコストが2倍から4倍になりますからね。

一度スケさんを呼び戻し、錬金キットを受け取っておきます。これがないとどうにもなりません。

「では海岸行ってきますね」

「骨馬か。森は大丈夫か？」

「スピードは落ちるでしょうが、私が歩くよりは速いでしょう」

「なるほど……ゾンビだったな。よろしく頼む」

シュタイナーさん達と一度お別れ。南に向かって一号を走らせ、ウルフの二号が並走、アウルの三号は頭上を付いてきます。

今回のイベント中に《死霊秘法》を30超えさせたいですね。今27なので行けると思います。30になれば下僕達のスキルも2次スキルに切り替わるでしょうし、30相当の死霊系が召喚できるはずです。ベースが30になる前に上がるでしょう。

まあスケさんによると、ベースとスキルレベルの両方が30超えてないと、30相当を呼べないらしいですけど。つまりスケさんは既に《死霊秘法》30超えてると。


木々を縫うように走り、海岸へ到着。骨の重量なら砂浜もそんな障害にならないと。それなりの人数が海釣りを楽しんでいますね？　果実は色々あれでしたが、海鮮物はどうなのでしょうね。

軽く海に浸かりながら釣りしている人達を見つつも、再び一号をスケルトンにして砂を掬(すく)わせ、硝子を量産しましょう。

ポーション用の瓶と燻製(くんせい)や酵母用の大きな瓶に……塩などの保存用も必要ですか。瓶はあるに越したことはないですね。

「お？　いつの間にか姫様がいる。本物だ」

その言い方だと私の偽者でもいるんですかね？　聞いたことありませんが。

「ごきげんよう。大漁ですか？」

「大漁と言えば大漁と言えなくもない……かな？」

「だな。釣りという意味では大漁だが……」

「あー……食べられない系ですか？」

「そうなんだよ。《料理》があるから鑑定自体はできるんだけど……。しかも釣り具持ってきて料理キットないし？」

「向こうで素潜りしてるのもいるしな」

指した方を見ると丁度浮上してきたところで、頭がでてきました。そう言えば銛（もり）を持ってる人がいましたね。

また潜ったと思ったら全力で砂浜の方に泳いできました。

「うおおおおおお！　あぶねえええええ」

「『サメかー!?』」

サメ……ですね。ゴブリンシャーク。ゴブリンのように何でも食べるようですね。顔も少しゴブリンっぽい？　それが6体ほど。

なお、浅瀬まで追ってきてビチビチ戻ろうとしてるアホでした。頭もゴブリンですか？　そのまま漁師達に狩られてサヨナラ。

「じゃ、また行ってくるわ。スリリングな漁だぜぇ！」

再び銛を担いで海へ……行こうとして戻ってきました。

「泳いでるせいで満腹度ヤバいんだけど、結局食事どうすっべ？」

「やっぱ枝かなんか拾ってくるか。料理はあるんだよな？」

「あるぜ。料理キットがないが」

「俺が伐採してくら。薪に加工すりゃいいよな」

「《木工》持ちいないか？　串が欲しい。串焼きにしようぜ。鮎みてぇのいたろ」

「塩焼きか。堪んねぇな……塩は？」

「……海水に漬けるとか？」

「流石にそらねぇわ」

「ダイナミック過ぎるわな」

「では塩は私が提供しましょう。一号、海水をこれに」

「カクン」

「助かる。姫様料理キットは？」

「ありますよ。この錬金キットはスケさんの借りてきました」

「じゃあ俺らが食えない魚と交換しよう。具体的に言うと串焼きが無理なやつ」

「なるほど、良いですよ」

一号が持ってきた海水から塩分を抽出して塩に。にがりは一応1瓶分は保存しておき、他は捨てます。二号にも頼みましょうか。ひたすら海水から塩を抽出。渡す分の塩と自分達用の塩を確保したら魚介類と交換して、中央へ戻ります。


中央へ戻ってくると農家組がせっせと作業をしていますね。実に平和な光景。なお実際は漂流。

「お、戻ったか。それなりに加工できたぞ」

「釣りしている人達から魚介類も貰ってきました」

「ほう、そりゃ良い。こっちはとりあえず畑拡張を試してるぞ」

「栽培できそうですか？」

「できそうではあるが……さて、成長にどのぐらいかかるか」

収穫できるまでが謎ですか、仕方ありませんね。

早速酵母を試しましょう。あ、これ【反応促進】のＭＰがかなり辛いですね？　酵母ができるのに約１週間ですからね……。

「お……？　かなり早いですね。イベント仕様ですか」

強力粉と薄力粉を受け取り、塩と酵母を加えて元種を作ります。こちらもチクタク飛ばし、膨らんだのを確認したので、パン作りを始めましょう。

「とりあえず夕食分のパンも焼いておきますね？」

「助かる！　農業は肉体労働だからなー。満腹度減少も早いんだわ」

素潜りしてる人も、早いと言ってましたね……。

とりあえず材料が許す限りパンを量産しましょう。どうせ昼食抜きな人が多そうですから。大量に作っておいた瓶と、ビオさんから受け取ったフラガリアで酵母を準備しておきます。石窯もフル稼働ですよ。

しばらくしてアルフさんとスケさんが戻ってきました。お土産を持って。

「軽く見てきたけど、東にハーブやらがあったよー」

「それとこんなのドロップしたよ」

〔道具〕　魔法の調味料セット　2　レア：Ra　品質：C

全ての番号を集めて統合すると使えるようになる。

内容物：ひ・み・つ。

ほっほう……？　アイコン見る感じ、どうやら1～6があるようですね。何が使えるのかは謎ですが、後5個集めなければ……。

「ところで姫様、クエスト欄気づいた？」

「クエスト？　おや、イベント仕様になってたんですね」

「俺らもさっき気づいた」

無人島生活　初日
無人島に漂流した。仲間達と生き残ろう。8日で助け(GM)が来るはずだ。
1. 仲間達と合流しよう。
2. 島の地形を把握しよう。
3. 食料を確保しよう。
4. 寝泊まりできる拠点を作ろう。

2番目はどうやら達成しているようですね。いい仕事をしました。

1番目がまだ終わってないということは、まだ全部と掲示板が繋がっていない？

3番目と4番目はまあ……3番が特にですが、終わるような項目ではないですね。

行動目標を表示しているだけですか。しかも個人ではなく全体で共有されてる項目でしょう。

我々不死者組からすれば項目3は不要です。


日も傾いてきた頃……つまり夕方頃ですけど、続々とプレイヤーが中央へやってきました。

そして見られる光景は、知り合いの《料理》持ちに全員が駆け寄る。

「お姉ちゃんご飯ー！」

「お、スターシャご飯くれ！」

「ターシャ！　ご飯欲しいです！」

「姫様ご飯頂戴ー！」

「私達も！」

「よろしく！」

「でござる！」

まあ、当然私の方にも来るわけで。

リーナにトモ、アビーにプリムラさん、こたつさん、ルゼバラムさん、ムササビさんですか。

「お、いたいた。姫様ご飯あるかな？」

「セシルさんのところもですか」

「ワイバーンの肉を提供するよ」

「竜種系のお肉は美味しいらしいですからね。ステーキでいいですか？」

「勿論だとも」

「俺からはこれをやろう」

「私はこれー」

「私はこれです！」

［道具］　製菓セット　レア：Ｒａ　品質：Ｃ
お菓子を作るのに必要な道具のセット。

料理キットに統合可能。
［道具］　バーベキューセット　レア：Ｒａ　品質：Ｃ
バーベキューを行うのに必要な道具のセット。
料理キットに統合可能。
［道具］　製麺セット　レア：Ｒａ　品質：Ｃ
各種麺類を作れる機材セット。
料理キットに統合可能。

リーナとトモからは製菓セットとバーベキューセットを貰いました。

バーベキューセットは直火・鉄板・ローストが可能の大型グリル、串やトング、小皿のセット。甘口と辛口のバーベキューソース、焼き肉のタレも付属。アルミホイルもありますね？　ホイル焼きも可能と。しかもこのバーベキューのグリル、持ち主の《料理》系スキルに依存して他の人も焼けるようです。……人数的にバーベキューな気がしますね。

製菓セットはクッキーなどの型が大量にあったり、ベーキングパウダーやホットケーキミックス、メープルシロップやホイップクリームが纏（まと）められています。

アビーからは製麺セットを頂きました。

素材を入れると混ぜてくれる物と、各種麺やマカロニを作ってくれる機材のセットですね。なお、小型です。本格的に量産を考えるならハウジングを買えってことでしょう。めんつゆと焼きそば用ソースが付属していました。めんつゆは色々使えますね？

　こたつさん、ルゼバラムさん、ムササビさんからは食材の提供。まあ、食材を用意してくれるならバーベキューセット貸し出すだけで良いですね。

　エルツさん組からはなんと、寝床の提供です。正確にはプリムラさんとダンテルさんですが。

「ああ、そうだ。サルーテさん」

「なにー？」

「これポーション瓶と薬草達です」

「おほー助かるー。ポーション瓶が鬼門だった……」

《錬金》か《硝子細工》系統のスキルが必要ですからね。

　ポーション自体はサルーテさんに渡した方が確実に効果が上なので、任せましょう。スケさんは錬成陣拡張コアありませんし、使用素材量も考えるとベストなはず。問題があるとすれば生産速度でしょうか。

　ああ、料理キットの蒸留器に水をセットしておきましょう。サルーテさんが使うでしょうからね。

　おや、全ての船と合流できたようですね。1番のクエスト項目が埋まっています。これで掲示板が全員参加になったはず。見てない人もいるでしょうけど、そこは個人の自由なので知りません。

　このまま夕食にも突入しそうな時間ですね……。とりあえず食材を片っ端から切り分けて、串刺しは任せましょう。バーベキュー食材を提供したＰＴは参加可能が妥当ですかね。

　ある程度切り分けたらセシルさんＰＴ用のステーキを焼きます。

「我、生還なり！」

「おや、皆さんお揃いで」

「へへへ、大御所のお揃いだぁ」

フェアエレンさんとミードさん。そして……また随分と濃い人が来ましたね……。

「ヒヘへ、姫様とは話したことなかったなぁ？　どうも、モヒカンです。こんなですが良ければ以後よろしく」

「『お、おう……まともだ……』」

「基本的に私は話が通じるなら問題ありませんので、よろしくお願いしますね」

「ギャハハハ、流石姫様だぁ！　色々でっけぇぜぇ」

「『開幕の挨拶だけだったー！　色々ってなんだぁ!?』」

ふむ？　モヒカン……ああ、攻略板にいた『非常識な格好かつ下品な言葉で常識的なこと言ってくる』あの人ですか。

モヒカンさんRPガチ勢ですね。発言の割には視線が胸に行っていません。貧乳派……というわけでもなさそうですね。完全に見た目で損するタイプですが、それでもなおそのキャラをやりますか。何がそこまで彼を惹きつけるのか。

リアルでは真面目なのかもしれませんね。その反動でしょうか？　少々……リアルを見てみたいですね……。

「私も頂きたいのですが、いいですか？」

「バーベキュー用食材持ち込みなら問題ありませんよ」

「お肉で良いですかね？」

「メインですから大丈夫でしょう。食われまくっていますし」

「これで手料理でも頼みたいぜぇ！」

「はいどうぞ」

「……セルフサービスだぁ！　ヒャッハー！　焼くぜぇ！」

私が差し出した生の串を見て止まりましたが、バーベキューのグリルを確認して《料理》系がなくても良いことを認識したのでしょう。すんなり自分で焼きに行きましたね……。なるほど、言い回しと格好を気にしなければ普通に良い人なんですね。言い回しと格好は別に気にならないので、今後ともお付き合いがありそうです。嫌味やねちっこさは感じないんですよね。ＲＰの正しい姿な気がしてなりません。キャラはともかく、心構えが。

「私材料ないんだけどー？」

「フェアエレンさんは合流のために飛び回ってたんですよね？」

「うん、割とヤバかった。主に北がな！」

「ワイバーンですね。とりあえず勝手に持ってって良いのでは？」

「ただで食べる飯は美味い」

合流判定のために命懸けで飛び回ってきたばかりですけどね。

話しながら作っていたワイバーンステーキを、セシルさん達に渡します。

「どれどれ……」

「「美味しい！」」

「うん、美味い！」

「ランプステーキより美味しいですね？　肉の違いですか……」

「これは良いね。また狙う？」

「うん、チャンスがあれば狙っていきたいね」

美味しかったですよ、ワイバーン。レベル上げに挑むのもありでしょうか。

さて、次は……ああ、そうだ。

「ミードさん、大木はどうでしたか？」

「特に何もありませんでした」

「元々何もないのか……イベントトリガーに日数もありそうですね……」

「とりあえず今は何もないというのが分かったので、良しとしますよ」

ミードさんと話している最中に、リーナがお肉を塊のまま表面を焼き、ローストに設置したのが見えたので、しばらくお肉は良いでしょう。

特に処理せず食べられる貝も網に載せておきます。誰か食べますよね。更に内臓の食べられない魚を捌(さば)いて開きにし、野菜と一緒にアルミホイルで包んで焼きます。

「姫様ー！　できたよー！」

「うむ、力作だ」

それぞれの生産者は突貫作業を始め、様々な物を作っていました。

プリムラさんはダンテルさんとベッドですね。

「何という天蓋付きベッド……」

「姫様と言ったらこれでしょ？」

「木造だが虫の侵入は防げるはずだしな」

「無人島で使い捨てるのはちょっと勿体ないレベルな気もしますが……ありがたく使わせてもらいましょう」

「『無人島でも、快適な眠りを提供しよう！』」

2人は私にベッドを引き渡し、バーベキューに参戦しました。

「あら、良いベッドね。私も欲しいわ」

「ターシャと寝るです！」

「む、それも良いわね」

「まあ、このサイズですからね。久しぶりに3人で寝ましょうか」

「やったです！」

結局夜になった今でも宴会よろしく飲み食いしています。食材よく持ちますね？

今のうちにこのグループの朝食を用意しましょうか。食材がなくなる前に。必要なのはリーナとトモとエリー、エルツさん、セシルさん、こたつさん、ルゼバラムさん、ムササビさん、シュタイナーさんのPT分を作り、ミードさんとモヒカンさん、そしてフェアエレンさんの分ですかね。

起きてからでも良かったのですが、皆起きている今のうちに配っておきます。こうして見ると知り合いも増えましたね。

簡単なので良いでしょう。パンにお肉と野菜を挟んで、バーベキューソースで良いですかね。

「悪いね。助かるよ」

「いえいえ、《料理》系のお土産を期待しているので」

ええ、善意だけではありませんとも。それが期待できる人達でもあるので、先行投資ですよ。ふふふ。

とは言え、正直渡さなくてもこのメンバーは私のところに持ってくるのでしょう。でもそれだと私だけが得することになってしまいます。それはあれなので、食事の準備ぐらいはしますとも。ギブアンドテイク。Ｗｉｎ－Ｗｉｎが交流の秘訣（ひけつ）です。ゲームだと特にですね。皆物欲ありますから。

すっかり暗くなり、辺りに【ライト】による光源が浮かび、頭上には月と星空が広がっています。ＶＲかつ無人島の絶景ですね。

「姫様眠そうねー？」

「おやすみの時間です」

「俺らはどうする？　少し夜狩り行くか？」

「ステ上がるし、敵変わるかもしれないからなー。軽く見に行って寝るべー」

「初日だったしな。そうしようか」

アルフさんとスケさんは様子見だけ行って、寝るそうです。本来夜の住人ですが私は寝ます。健康的なゾンビですからね！


「魔物とPK対策で見張りが必要でござるな？」

「とは言え、俺らで多少時間ずらして寝ればよくね？　戦闘トップ組だからな」

「まあそんなもんでござるか」

「このイベントでPKは嫌がらせぐらいしか意味なさそうだよね？」

「その嫌がらせが好きなのがPKだからな。俺は寝るの後で良いぞ」

「違いない。こっちも後でいいでござるよ」

「そうかい？　じゃあ先に寝ようかな。朝方はむしろ姫様達に任せられるでしょ」

「5時から6時の間には起きると思います」

「了解。どうせ一部はテンション上がって寝れないだろうからね……」


調整はセシルさんにお任せ。

森が開けているこの辺りはベッドや寝袋、テントが入り乱れています。サバイバルは顔の広さが無人島での過ごしやすさに直結していそうですね。

私は早速貰った天蓋付きベッドで寝ましょう。エリーとアビーを呼んだら当然のようにリーナが潜り込んできました。レティさんとドリーさんはしばらく見張りに回るそうです。

ではおやすみなさい。


「『美少女4人が寝てるのに……寝顔が見れん！　誰だ！　天蓋付けた奴ぁー！』」

「ふむ？　職人としては成功だろうが、男としては失敗したか？　まあ、力作だ。諦めろ」

■公式掲示板3

【無人島には】夏といえばキャンプ　初日【何を持っていく?】

1. 運営

ここは第二回公式イベントのサバイバルに関するスレッドです。
イベントに関する総合雑談スレとしてご使用ください。

734. 遭難した冒険者

さあ、始まりましたサバイバルです!

735. 遭難した冒険者

皆無事かー!

736. 遭難した冒険者

無事じゃなかったら喋(しゃべ)れねぇんだよなぁ。

737. 遭難した冒険者

まあそうなんだけど。

738. 遭難した冒険者
　高波が怖かったです。
739. 遭難した冒険者
　分かる。
740. 遭難した冒険者
　で、起きれねぇんだが……カウント待てば良いんだな？
741. 遭難した冒険者
　だろうなぁ……。俺後4分。
742. 遭難した冒険者
　こっち後1分。
743. 遭難した冒険者
　お前ら早ない？　こっち後8分……。
744. 遭難した冒険者
　ほーん？　こっち後2分だな。
745. 遭難した冒険者
　は？　こっち後14分ですが？
746. 遭難した冒険者
　人によって違うということは……何かのステータス依存か？

747. 遭難した冒険者
運……はねぇよな？

748. 遭難した冒険者
無いとも言い切れんが……。

749. 遭難した冒険者
起きたー！

750. 遭難した冒険者
早いな。どうよ？

751. 遭難した冒険者
屍沢山！

752. 遭難した冒険者
死んでねぇよ！

753. 遭難した冒険者
とりあえず近くの起こしてくか。

754. 遭難した冒険者
おう、頼んだ。

755. 遭難した冒険者
なんか気持ちわりーと思ったら、濡れ状態のせいかこれ。

756. 遭難した冒険者

だろうなぁ。着衣水泳感な。

757. 遭難した冒険者

お、アルフさんじゃん。じゃあ姫様もいるな？　同じ船だったか。

758. 遭難した冒険者

ほう、不死者組もいんのか。ミードの姉貴は見たな。

759. 遭難した冒険者

はっ閃(ひらめ)いた！

760. 遭難した冒険者

どうせくだらないことだろ。

761. 遭難した冒険者

今なら姫様の濡れ透けが！

762. 遭難した冒険者

……ノーコメントで。

763. 遭難した冒険者

お前天才か⁉

764. 遭難した冒険者

誰か起こしてえええええ！

765. 遭難した冒険者
　つまり姫様だけじゃないな⁉
766. 遭難した冒険者
　だろー？　もっと褒めてもいいのよ。
767. 運営
　わりぃ子はどっこさー？
768. 遭難した冒険者
　…………
769. 遭難した冒険者
　知　っ　て　た。
770. 遭難した冒険者
　ここの運営が来ないわけねーよなぁ……。
771. 遭難した冒険者
　ちなみに姫様は既にアルフさんに起こされ、クリーンで綺麗になってるぞ。
772. 遭難した冒険者
　姫様とアルフさんが女性陣を起こし始めた。俺もそうするか……。
773. 遭難した冒険者
　余計な事をおおおおお！

774. 運営

>>773 はは～ん？

775. 遭難した冒険者

怖すぎて草。

776. 遭難した冒険者

姫様、スケさん相手にそれはズルない？　笑うわそんなん。

777. 遭難した冒険者

なに？

778. 遭難した冒険者

姫様「返事がない。ただの屍のようだ」

779. 遭難した冒険者

それはずるい。

780. 遭難した冒険者

スケさん骨そのものだしな……。

781. 遭難した冒険者

姫様がクリーンかけて回ってるっぽい。ありがとー。

782. 遭難した冒険者

流石姫様ー！

783. 運営
私運営。今あなた達を監視しているの。
784. 遭難した冒険者
>>778 お勤めご苦労さまです。
785. 遭難した冒険者
起きる時間体力依存だな？
786. 遭難した冒険者
恐らくそうだろう。
787. 遭難した冒険者
っぽいな。タンク組起きるの早かったし。
788. 遭難した冒険者
姫様のご希望だ！　妖精組を探せ！
789. 遭難した冒険者
妖精種か。体力絶望的だろうしな。
790. 遭難した冒険者
サラマンダーとピクシー、スプライトとかナイトメアはまあ目立つな。
791. 遭難した冒険者
すまん、ニクシー踏んで気づいた。

792. 遭難した冒険者
死んでないからおけー。死な安死な安。
793. 遭難した冒険者
フェアリーとニクシーの見つけづらさよな……。
794. 遭難した冒険者
フェアエレンさんいたわ。
795. 遭難した冒険者
……全員起きたかね？
796. 遭難した冒険者
起きたはずだなぁ？
797. 遭難した冒険者
まだの人は言えよー。
798. 遭難した冒険者
言えねぇけどなぁ！
799. 遭難した冒険者
そうだったな！
800. 遭難した冒険者
掲示板でなら言える！

980. 遭難した冒険者
クソがー！　ぐあああああ！　オロロロロ。
981. 遭難した冒険者
あれ食ったのか？　よく見ると食材判定じゃないだろうに……南無三！
982. 遭難した冒険者
果実食ったやつが突然アーツ使いだして草。あぶねぇ。
983. 遭難した冒険者
混乱する果実あるよな。
984. 遭難した冒険者
麻痺（まひ）＋猛毒とかバカじゃないか⁉
985. 遭難した冒険者
マンゴーが強すぎる。
986. 遭難した冒険者
待ってくれ運営。殺意が高すぎるぞ。
987. 遭難した冒険者
それな。
988. 運営

拾った物は口にするなと習わなかったのですかぁ？

989. 遭難した冒険者

くっそ……煽りおる……。

990. 遭難した冒険者

くっそ……。

991. 遭難した冒険者

あ、このきのこうめぇ。

992. 遭難した冒険者

ほう？

993. 遭難した冒険者

あ、待って……うっぷ……吐き気になったあああああ。オロロロロ。

994. 遭難した冒険者

いや待てやお前。普通きのこ類無鑑定で挑むか？

995. 遭難した冒険者

果実系ですら上の有り様だぞお前……。

996. 遭難した冒険者

これが勇者か……。

997. 遭難した冒険者

いや、完全にただの馬鹿だぞ……。

998. 遭難した冒険者

いけるって思ったんだもん！

999. 遭難した冒険者

逝ける。

1000. 遭難した冒険者

希望通り逝ったな。あれ？　つうかもしかして生？

1001. 遭難した冒険者

生サイコー！

1002. 遭難した冒険者

うっせぇわ。

1003. 遭難した冒険者

きのこ類無鑑定生チャレンジとか勇者過ぎるだろ……。

1004. 遭難した冒険者

お客様の中にお医者様はいませんかー！

1005. 遭難した冒険者

お兄さんとお医者さんごっこしよう？

1006. 遭難した冒険者

>>1005 うるせぇ引っ込んでろ。

1007. 遭難した冒険者

>>1005 確実にやべー奴。

1008. 遭難した冒険者

>>1005 運営さんこいつです。

1009. 運営

>>1005 呼ばれて飛び出た運営です。

1010. 遭難した冒険者

>>1009 せいせいせい、まだ慌てるような時間じゃない。

1011. 遭難した冒険者

あーっ！　お客様！　お客様困ります！　あーっ！　お客様！　ＡＡ略。

1012. 遭難した冒険者

>>1011 笑かすなやめろ！

1013. 遭難した冒険者

《料理》持ち探さないと明日がない！

1014. 遭難した冒険者

ガチの死活問題で草も生えない。これはまずいぞ⁉

1015. 運営

皆さんお気づきかと思いますが、初日はアイテム名が弾かれるので、濁しながら頑張ってくださいね。

1016. 遭難した冒険者
鬼畜の所業。

1017. 遭難した冒険者
食レポはよ。

1018. 遭難した冒険者
いちごが美味い。問題なし。だがもう1個、てめぇはダメだ。

1019. 遭難した冒険者
分かる。あれほんとやべぇ臭いする。

1020. 遭難した冒険者
白い傘で赤い液体を防いでるきのこは生で食べると吐き気がヤバい。

1021. 遭難した冒険者
は？　白い傘で赤い液体を防いでいるきのこ……？

1022. 遭難した冒険者
あれか。なるほど、一回見ればそれで分か……は？　あれ生で食ったの？

1023. 遭難した冒険者
よくあのグロきのこを生でいったなお前!?

1024. 遭難した冒険者
あれ生食いとか、おっちゃん驚きを隠せないよ……。
1025. 遭難した冒険者
ハイドネリウムピッキーみたいなやつですね……分かります……。
1026. 遭難した冒険者
勇者か……見ただけで食欲失せる自信あるわ……。
1027. 遭難した冒険者
でも本来のピッキーちゃん毒無いんじゃなかったっけ？
1028. 遭難した冒険者
ハイドネリウムピッキーは毒ではなかったはず。まあ、元になったのがピッキーちゃんなだけで別物だろうからなー。
1029. 遭難した冒険者
それもそうか。
1030. 遭難した冒険者
むしろリアルで似たの出して安心させてあの仕打ちだからな。
1031. 遭難した冒険者
マンゴーの殺意よな。
1032. 遭難した冒険者

それな。麻痺で動けない間に猛毒でＨＰ減ってくという。敵来たら詰み。

1462. 遭難した冒険者
マップ提供のおかげで島の全体像は分かったが……思ったよりは狭いな。

1463. 遭難した冒険者
そうな。狭いかと聞かれるとそうでもないが。

1464. 遭難した冒険者
最初の船見た感じ結構な人数参加してたからなぁ。

1465. 遭難した冒険者
肝心の敵はどんな感じかね？

1466. 遭難した冒険者
北、東、西の順で強いっぽい。海はレベル的に西レベルだけど、フィールド問題。

1467. 遭難した冒険者
サメ型ゴブリンと海で握手！

1468. 遭難した冒険者
お断りします。

1469. 遭難した冒険者
サイン下さい！　魚拓でお願いします！

1470. 遭難した冒険者

血肉で下さい！

1471. 遭難した冒険者

（ゴブリンの）血肉だよな?

1472. 遭難した冒険者

（お前の）血肉。

1473. 遭難した冒険者

既に食われてるんじゃないですかねぇ?

1474. 遭難した冒険者

まあ、ファンは置いといて。二陣は西な。北と東は30台だから辛いぞ。

1475. 遭難した冒険者

ぶっちゃけ一陣でも辛い。１ＰＴでは動かん方が良いかもしれん。

1476. 遭難した冒険者

そんな事より海水浴しよう。

1477. 遭難した冒険者

海が綺麗だぜ！　たまにサメ型ゴブリン来るけど。

1478. 遭難した冒険者

シャークネードごっこできる?

1479. 遭難した冒険者
チェーンソーが無いし、別にツインヘッドでもトリプルでもないが。
1480. 遭難した冒険者
森行ってくるわ。
1481. 遭難した冒険者
悲しい。
1482. 遭難した冒険者
サメ映画がそんなに好きか!
1483. 遭難した冒険者
大好きさ!
1484. 遭難した冒険者
何なんだろうな、あの人気。
1485. 遭難した冒険者
分からん。

2105. ほねほね
北西側の湖に来てみたけど、水飲み場っぽいから水回り注意ねー。
2106. 遭難した冒険者

ん？　どういう事だ。

2107. 遭難した冒険者

やっぱＡＩ特殊だよね？

2108. ほねほね

湖に行ったらラプターがボア食べてて、湖で水飲んでから北に行ったよ。

2109. 調べスキー

実に興味深い。食物連鎖が機能してるとして調べて回るか……。

2110. 遭難した冒険者

水回りは敵が多いぞってことでいいのか。

2111. 遭難した冒険者

そういうこったな。

2112. 遭難した冒険者

……敵はちゃんとポップしてるよな？

2113. 遭難した冒険者

安心しろポップするのを見た。

2114. 遭難した冒険者

なら安心だ。

2645. 遭難した冒険者
　スケさん提供北西の湖行って、ニンジン収穫に行ったんだが何ぞあれ。殺す気か。
2646. ほねほね
　まじでー？　あれなんだった？
2647. 遭難した冒険者
　範囲内一斉に気絶（5）が付いて草生えた。しかもこっちのＭＰ減る。
2648. ほねほね
　精神系かなー？　僕達には影響なかったからなー……。
2649. 遭難した冒険者
　と言うか、確かに水回りは敵が多い。つまりＰＴ全員気絶すると死ぬんじゃね？
2650. 遭難した冒険者
　悪質だなぁ……。《料理》系あると見分け付くんだっけか。
2651. 遭難した冒険者
　気絶は肉体系だったな。不死者組に効かないてっと、ＭＰ減少は精神系か？
2652. 遭難した冒険者
　気絶（5）って何秒？
2653. 遭難した冒険者
　>>2652 25秒だったぞ。多分状態異常強度×5だな。

2654. 遭難した冒険者
>>2653 クソなげぇな⁉

2655. 遭難した冒険者
>>2653 鬼畜か。

2656. 遭難した冒険者
蹴り飛ばせば即起きるから、犠牲者は決めた方が良いな。

2657. 遭難した冒険者
睡眠と同じか。

2658. 遭難した冒険者
さあ……ひたすらニンジンを収穫しては気絶し、蹴り起こされる作業に戻るんだ。

2659. 遭難した冒険者
完全に奴隷です。本当にありがとうございました。

2660. 遭難した冒険者
人参の収穫なんて嫌だ！　俺は美少女の奴隷になりたいんだ！

2661. 遭難した冒険者
しかもあれニンジンにも蹴られるって言うな。

2662. 遭難した冒険者
>>2660 貴様はニンジン送りだ。

2663. 遭難した冒険者

>>2661 いやだあああああ！

2664. 遭難した冒険者

シベリアかなんかか？

2665. 遭難した冒険者

『ニンジン送り』とは。

たまに襲ってくる魔物と戦いながらニンジンの収穫を行うが、稀に〝マンドラゴルァ！〟と言う何かが混じっている。抜いた直後は蹴られた挙げ句、やつを倒すと気絶する。だがすぐに監視官が蹴り起こし、再び収穫作業に戻される。

〝マンドラゴルァ！〟自体は強くない。だが何をしようとも的確に、確実に蹴りを放ってくるため、ただひたすらにムカつく。そして倒すと気絶する。

ちなみにたまに襲ってくる魔物はベアやラプターである。

2666. 遭難した冒険者

思ったより酷くて草。

2667. 遭難した冒険者

しかもあいつ何もドロップしねぇ。

2668. 遭難した冒険者

なお悪い。

3742. ほねほね
中央付近にやってまいりました。草原で小麦があり収穫するも、加工ができない。農家はよ。
3743. シュタイナー
ほう？　今行く。
3744. セシル
中央は草原かー。拠点になりそう？
3745. ほねほね
なりそうだけど、戦闘痕みたいなのがあって気になるかなぁ。
3746. セシル
戦闘痕ねぇ……？　気になるけど、中央に向かおうか。危険地帯抜ければ皆好きにするでしょ。
3747. ほねほね
ウェルカム。
3748. セシル
姫様にこのお肉焼いて貰(もら)うんだ……。
4563. 遭難した冒険者
料理人よ、東の森に香辛料とかハーブがあったぜ！

4564. 遭難した冒険者
　お、まじか。

4565. 遭難した冒険者
　調味料と言えば、魔法の調味料セット　6とか出たけどなにこれ。

4566. 遭難した冒険者
　そりゃおめえ、魔法の調味料セットよ。

4567. 遭難した冒険者
　そうだけど！　そういうの良いから！

4568. 遭難した冒険者
　私も出たなー。アイコン見る感じ全部で6個かなー？

4569. 遭難した冒険者
　肝心の中身を教えてくれないという。

4570. 遭難した冒険者
　なにがひ・み・つだ！　ハートよりマシだけど！

4571. 遭難した冒険者
　ひ♡み♡つ！

4572. 遭難した冒険者
　帰れおっさん！

4573. 遭難した冒険者

あんらー失礼しちゃうわ！

4574. 遭難した冒険者

そっち系だったか……。

4575. 遭難した冒険者

じゃあな４５７２。達者でな。

4576. 遭難した冒険者

ば、ばかな……。

4577. 遭難した冒険者

贄（にえ）は１人でいいとして、食材は足りそうか？

4578. 遭難した冒険者

食材自体はまあ……なんとかなりそうだが、料理人足りるのか？

4579. 遭難した冒険者

食材よりそっちが問題だな。

4580. 遭難した冒険者

多分レアドロでバーベキューセットが出たぞ！

4581. 遭難した冒険者

くわしく。

4582. 遭難した冒険者
展開した人の料理スキル依存で焼けるっぽい。料理人不足も解決しそうだぞ。バーベキューソースと焼き肉のタレ付きだ！

4583. 遭難した冒険者
まじか。そりゃ良いな。狩らねば……何が出した？

4584. 遭難した冒険者
ラビットが出したなぁ。

4585. 遭難した冒険者
俺ベアから出たからエリアドロップじゃね？

4586. 遭難した冒険者
島もしくは方角か？　西は確定か。

4587. 遭難した冒険者
他にも製菓セットとか、製麺セットとかあるっぽいぞ。この２つは料理人用だが。

4588. 遭難した冒険者
ほう？　是非欲しい。誰か１日分の料理と交換しよう。

4589. 遭難した冒険者
良いぞ。

4590. 遭難した冒険者

良いぞ。
4591. 遭難した冒険者
使わない物で1日飢えを凌げるなら沢山来そうだな。
4592. 遭難した冒険者
1個ずつで十分なんだが?

9572. 遭難した冒険者
全部の船が合流したっぽいな?
9573. 遭難した冒険者
皆どこにいる系?
9574. 遭難した冒険者
大体は島中央の草原にいるっぽい? 俺は南側の海岸。
9575. 遭難した冒険者
西の森探索中。
9576. 遭難した冒険者
ワイバーンに追われてるなう。しつこすぎわろた。ダレカタスケテー。
9577. 遭難した冒険者
ワイバーンは一陣に祈れ。

9578. 遭難した冒険者
一陣有名人は絶賛バーベキュー中だぞ。頑張れよ。

9579. 遭難した冒険者
場所を言え、場所を。

9580. 遭難した冒険者
北西側！

9581. 遭難した冒険者
ああ、遠いわ。頑張れよ。

9582. 遭難した冒険者
くそおおおおおお！

9583. 遭難した冒険者
西だと《直感》動くの気のせい？

9584. 遭難した冒険者
やっぱ動くよな？　気のせいじゃないか。

9585. 遭難した冒険者
じゃあ東で《危険感知》が動くのも？

9586. 遭難した冒険者
やっぱそうだよな。何だろな？

9587. 遭難した冒険者
　情報がなさすぎてさっぱりだ。まだまだこれからだな。

14029. 遭難した冒険者
　姫様、天蓋付きベッドでお休みになる。
14030. 遭難した冒険者
　天蓋⁉　ってか相変わらず寝るのはえーな。
14031. 遭難した冒険者
　天蓋とかまじ姫様。作ったのはプリムラちゃんか？
14032. 遭難した冒険者
　プリムラとダンテルの合作っぽいな。
14033. 遭難した冒険者
　ああ、布部分もか。
14034. 遭難した冒険者
　なお、天蓋が仕事しすぎて寝顔が見れない。
14035. 遭難した冒険者
　ダンテル！　余計なことを！
14036. ダンテル

ノリで作ってたら結果的にそうなっただけだ。俺は悪くねぇ！

18052. 遭難した冒険者
もうすぐ日付が変わるか。

18053. 遭難した冒険者
だなぁ。

18054. 遭難した冒険者
おつかれ。明日も頑張ろうではないか。

18055. 遭難した冒険者
おう。

18056. 運営
初日が終了しました。以降このスレッドは読み込み専用になります。
２日目はこちら。

06　夏といえばキャンプ　２日目

ん……ああ、イベント中でしたね。

エリー、アビー、私、リーナと並んでいますが……全員武器は側に置いてあります。セーフティーエリアではありませんから。それとあれですね。ダンテルさんにパジャマでも作ってもらいたいところですが、やっぱりセーフティーエリアではないので、結局フル装備で寝ることになるんですよ。

さて、起こさないようにベッドから抜け出しまして……レティさんとドリーさんはダブルベッド持ってたんですね。いつの間に入手したのか。

ちょいちょい起きている人がいますね。……捨てられた鎧と朽ちた白骨死体が目に入りましたが気のせいです。

おや、あの人の後ろにいる妖精が緑色なので、生放送していますね。イベントですから放送しない手はありませんか。昨日もちらほらいましたし。

「一号、何もありませんでしたか？」

「カクン」

下僕達は召喚したままだったのですが、特に何もなかったようですね。……今のＡＩレベルで寝ている間の護衛を任せられるのか不明ですが。

２日目ですが、クエストは変わったのでしょうか？

無人島生活　２日目
なんとか1日目を生き抜いた。役割分担をして、必要な物を確保しよう。
1. 島の調査をしよう。
2. リーダーを決め、組織的に動いた方が効率的だ。
3. 食料を充実させよう。
4. 拠点を充実させよう。
5. 何をするにしても道具が必要だ。
6. 身を護るには武具も必要だ。素材となる物を探そう。
7. 万が一に備え、魔法薬の準備をしておこう。

ふむ……。クエストはやることリスト的な、運営からのサポートなのでしょうか。何をしますか……消去法で考えるべきですかね。

まず無理なのは拠点の充実と魔法薬の準備、武具の作成。これは専門スキル持ちに任せましょう。ということで4、6、7は無理。

逆にできることは島の調査をしつつ、素材集め。もしくは食料というか料理の充実。後は……《錬金術》による道具の作成ですかね。1、3、5は可能。

それで2が不明ですね。レイドやらユニオンを組めということでしょうか。ワールドクエストが発生していないので、フォースは無理のはずですし……これは保留で。1人で考えても意味なし。

パーティーのことを考えると1ですね。アルフさんもスケさんも生産はしませんから、戦闘したいでしょう。別に昨日のようにPT組んだまま2人には旅立ってもらっても良いのですが……私も戦闘スキル上げたいんですよ。ベース30になりますから、進化が楽しみな時期です。

「あ、おはよー姫様ー」

「おはようございます、クレメンティアさん。今日もセクシーですね」

「でしょー?」

セクシーマンドラゴラなクレメンティアさん。話を聞くと北スタートだったようですね。

「敵はどうでした?」

「強かったよー。ワイバーンにリザーダイン、それと大きい陸亀」

「んー……リザーダインとは?」

「えっと……ワニ?　ああ、これSSね」

「サイズはともかく、確かにワニですね?」

「でも陸生なんだ。リザードとクロコダイルかな?　ってトップ組は思ってる」

「体はワニ、生態はトカゲに近いと?」

「今のところは」

ワイバーンはド定番の飛竜。前足が翼になっているタイプですね。

陸亀がジャイアントシールドトータス。ヒーターシールド型の甲羅を背負う１メートぐらいの亀。シールはシールドのことでしょうか。

北は今のところ発見されているのがこの３体のようです。

「北は鉱山だったよ」

「鉱石系が北で、食材は主に西、東はハーブ系と」

「うんうん。姫様今日のご予定は？」

「今のところ未定ですね。アルフさん達まだ寝てるし」

「そっかそっか。食事が特殊な私達はあれだけど、他の人外種はそれなりに大変らしいよー」

「私からするとただのイベントマップですね」

「ねー。馬系はここが草原だから食事場発見。狼系は西の森で狩りだってさ」

「プレイヤーは雑食でしたよね？」

「そうだけど、自分で用意できるかどうかは重要じゃん？　後は一致させた方が回復量多かったりするらしい」

そんな隠し要素があったのですね。逆に木の実系は採るのが面倒なので、罠に嵌まることなく助かったとか。それなりの人数が木の実の犠牲者になっているようです。

「私は種族スキルに《植物知識》あるからねー。そもそも満腹度は《光合成》」

「私は食べても状態異常効きませんし、《料理》で分かります」

「必要な人達ほど必要スキルを持ってないわけだ。ハハハハ」

「一番エグいのは毒より混乱ですか？」

「うんうん。それと弾ける木の実」

「ああ……異臭ですか……」

「腐敗臭だよあれ。フラガリアが熟し過ぎるとあれになる」

何でもある程度育つと自分で切り離し、落下時の衝撃で破裂。そのまま自分の肥料とするそうです。植物からしたら腐敗臭とかは関係ないということですね。

まあ私も腐敗臭は種族的に関係なく、それに関しては別の匂いに変換されているので問題はないのですが。


クレメンティアさんとのんびり雑談することしばらく、起き始める人がちらほら。料理しようにも取りに行かないと食材がないいんですよね。

「姫様蒸留水あったよね？　食事用に貰(もら)えないかな？」

「では1瓶ぐらい渡しておきますね」

「助かるぅ」

「まあ水ですから」

渡した瓶とは別に蒸留水をかけてあげると、《光合成》によりキラキラと光のエフェクトがでています。

「しかし蒸留水で良いのですか？」

「良いの良いの。何かしら手を加えた方が美味しく感じるっぽい？　でも蒸留水よりは自然の綺麗なやつ。私からすると食材扱いみたいで、満腹度に変化がね」

「なるほど。一番は天然水で、次に蒸留水、そして【飲水】ですか」

「うん。できるだけ良い水を取り込むようにしてるんだ。進化に影響しそうだし」

「確かに、植物ですからありそうですね」

「『ゴケッゴッコー！』」

突然の鶏に2人してビクッとし、声のした方……東側を見ます。

「可愛くない声だったなー……」

「ガラガラでしたね……」

「『ゴゲッゴッコー！』」

「『ゴケッゴッコー！』」

「『コケッゴッゴー！』」

大合唱が始まり、スヤァしていた他のプレイヤー達も飛び起きました。『うるせぇ！』という声と共に。

「定番と言えば定番だけどよぉ……」

「実際されるとイラってするな……」

「せめてもっと綺麗な声で鳴いて欲しいでござる……」

『うんうん……』」

ダミダミのガラガラですからね……。人間なら首筋凄いことになってそうです。

「『ゴッケー！』」

「『ゴケッ！』」

「『ゴゲッゴゲー！』」

「『うるせぇ！』」

鶏がぞろぞろとやってきました。猛ダッシュで……。

「敵襲ー！　敵襲ー！」

「ターンクッ！　ターンクッ！」

「盾持ち前出ろー！」

「遠距離組も準備しろよー！」

「この状態で寝てられる羨ましい奴を叩き起こせ！」

静かないい朝だったんですけどね……一気に戦場ですか。まあ確かに、戦場痕的な物があったので、予想はしてましたけども。

8．シードコッケが突っ込んできた。撃退しよう。

ちゃっかりクエストにも追加されていますね。シークレットもあるというか、状況に応じて変化するわけですか。敵の名前はシードコッケ……と。

んー……下僕達を飛行系に変えておきますかね。えっと……アウル系にして、魔法を持たせましょう。プレイヤーに混じって爆撃で。

プレイヤー全員が中央にいるわけではありませんが、それなりの数が集まってはいます。パッと見た感じで判断するなら中央は一陣が多いんですかね。まあ中央故、どこ行くにも移動が楽ですからね。これだけいれば勝てない敵を警戒する必要は薄いですか。

そのせいかさっさと大盾持ちが前へ行き、その他両手剣や弓などの物理アタッカー組が後ろに付きます。その更に後ろに魔法組が待機。

槍(やり)組が大盾の隙間から槍を出し、地面に設置します。

「鶏っぽいし……大丈夫だよな？　メイン武器折れたら泣くよ？」

「おう、おっちゃんに泣きつけ」

「むしろ手で持ってアーツ使った方が安全じゃね？」

「ふむ……一理ある。そうすっか」

「それで折れたら下手くそ判定」

「それは流石にねぇわ。ずっと槍使ってんだぞ」

対突進対策の槍は大体使い捨てになるでしょうから、私もメイン武器でやるならアーツの方が良いように思いますね。武器的に一陣のようですから、上手くやるでしょう。

「姫様、リーダー頼める？　ユニオン組もう」

「間に合いますかね？　構いませんが」

「リーダーがやればいいから大丈夫」

「分かりました。部屋立てておきます」

「よろしく頼むよ」

セシルさんが言うので、ＰＴメニューから４ＰＴ以上のユニオン設定状態で募集します。募集名は……えー……19文字。よし、これでいいでしょう。

「ユニオン名結構好き」

「分かる。そう考えるとちょっとやる気出た」

「なにがー？」

「姫様の募集したユニオン名がな『なんてこった！　朝食が走ってくるぜ!?』なんだよ」

「……鶏肉！」

「いえあ！」

来た申請を片っ端から許可していきます。

リーナやトモ、エリーなどからも申請が来ました。ミードさんはフェアエレンさんとクレメンティアさん、更にモヒカンさんと狼の人で組んでいるようですね。

知り合いは全部入った感じなので……自動許可にしておきましょう。面倒です。ワールドクエストとかではないので、ユニオンに入った時点で私からのバフが付いているようですね。

シードコッケは30後半ですか……中々高レベル。旧大神殿エリアクラスです。

まず長弓の人から攻撃を始め、続いて短弓、そして魔法の範囲系であるエクスプロージョン系が炸裂します。

「では魔法組の皆さん、行きますよ？」

「『おー！』」

「せーの」

「『【ノクスウォール】』」

「『【ルーメンウォール】』」

「『【フレイムウォール】』」

「『【メーアウォール】』」

タンク達の少し前にウォール系がズラッと出現し、どんどん突っ込み入れ食い状態に。ＨＰが減った状態で躍り出てくるシードコッケ達を、待っていた前衛組が仕留めていきます。

「ゴゲーッ！」

「シードコッケってなんだと思ったけど、なんか頭とか首に植物あんのな」

「んー？　ほんとだな。頭がオスで首がメスとか？」

「さあ？　それより、死体が邪魔だ！」

これはワールドクエストではないので、《解体》などを持っていると死体が残るんですね。こういう防衛タイプは外した方が良さそうですね……？

それにしても、なんでしょうねこの違和感。こういう時は相談するに限りますか。

「セシルさん、それとミードさん、後は……リーナ……はだめかな。えー……ムササビさんこちらへ来れますか？」

「なんだーい？」

「今行きます」

「なんでござるか？」

少ししてから来てくれました。リーナは感覚派です。現在進行形なら良いのですが、過去が絡む場合怪しいですからね。

「あのコッケ達に物凄い違和感があるのですが、何か思いませんか？」

「違和感でござるか？」

「ああ、俺も違和感あったんだよ。気のせいじゃないのか」

「ヒントになるか分かりませんが、レベルの割にとても楽ですね」

「確かに楽でござるな。突撃しかしてこないからではござらんか？」

もう一度コッケ達を確認します。ミードさんの言ったことに同意したムササビさんの言う通り、さっきから突撃のみでひたすら直進。そして真正面にいるタンクを蹴ると。左右に目を向けても同じですね。

「確かに、直進しかしていない」

「バカでござるなー」

「ああ、なるほど。違和感はそれですか」

「……バカ過ぎる？」

「確かに！　このイベントフィールドは特殊ＡＩだと思うんだけど、鳥だから？」

「３歩歩いたらってやつでござるか？」

「ネタモブもいますから否定はできませんが……目的がある直進っぷりでは？」

「「……シード？」」

セシルさんとミードさんがハモりましたね。シードコッケ……種ですか。頭と首に植物があるとか誰か言っていましたね……あ、嫌な予感してきました。

「一号！　首に植物のある死体をこっちへ！」

えっこらえっこら持ってきてもらい、早速そのコッケの死体の首を切り落とします。嫌な予感というのは得てして当たるものです。

「あー……なるほど、そう来たでござるか」

「こっちは……若葉としかでないか」

「では本職に確認しましょう。ミードさん、クレメンティアさんを」

ＰＴを組んでいるミードさんに呼んでもらいます。《植物知識》が役に立つと良いのですが、イベントのキーだとすると多分ダメですね。２日目では早過ぎますし。

「なになにー？」

「この植物分かる？」

「うわぁ……正確には分からないけど、やベー奴なのは分かる。侵食洗脳系」

やっぱりか……って感じですね。コッケではなく、この植物に操られているからの動きなのでしょうね。

《直感》……！　私だけでなく、他の4人も全員同じ方を見ました。方角は後ろ。つまり西側の森からですね。

「これも気になるな……」

「サバイバルキャンプだわーいとはいかんでござろうな」

「それでは我々戦闘好きにはいまいちですからね」

「ワクワクだねぇ」

「まずはあれらを処理しなければなりませんね。直進しかしてきませんし、囲いますか？」

「あのままじゃ素材がボロボロになるでござるからな……」

「《解体》問題が浮き彫りになったね……。囲もうか」

作戦会議をしてすぐ伝達。行動に移してもらいます。

「クレメンティアさん、この植物は何か特殊な処理が必要ですか？」

「んー。宿主が死ぬと死亡判定っぽい」

「それは朗報ですね。流石に切り落として燃やしては面倒なだけですか」

「だねー。両方倒さないとダメとかじゃなくてよかったよ」

「ですね。さあ、参戦しましょうか。レベルは高いので稼ぎ時です」

下僕達が順調に攻撃しているので、結構稼げていそうですね。あの子達周りのスキルだけ育っても地味に困りますが。《閃光魔法》と《暗黒魔法》も稼がないといけませんね。


「なんだぁこいつら？　完全にイッちまってんじゃねぇか！　ギャハハハハ！」

「こいつは稼ぎ時だな！」

「最高にビンビンだぁ！　なぁ兄弟！」

「俺に振るなぁ⁉　ビンビンじゃねぇからな⁉」

「一緒にケツの穴増やしてやろうぜぇ！　ヒャハハハ！」


モヒカンさんが楽しそうでなによりです。

後ろから殴られてるにもかかわらず、常に前を見つめ続ける勇敢なやべー奴らですよ、このコッケ達。タンク以外はとても楽ですね。ボーナスステージ。近接も稼がせてもらいましょう。

アルフさんはタンクに混じってますね。スケさんはひたすら魔法撃ってます。バインドまで入れているので、完全に稼ぎに走っていますね。

私も《空間魔法》使用しておきますか。


〈種族レベルが上がりました〉

〈下僕のレベルが上がりました〉

〈《細剣》がレベル20になりました。スキルポイントを『1』入手〉

〈《細剣》のアーツ【ポンメルフェリーレ】を取得しました〉

《《閃光魔法》がレベル20になりました。スキルポイントを『1』入手》
《《閃光魔法》の【ルーメンピラー】を取得しました》
《《暗黒魔法》がレベル20になりました。スキルポイントを『1』入手》
《《暗黒魔法》の【ノクスピラー】を取得しました》
《《空間魔法》がレベル20になりました。スキルポイントを『1』入手》
《《空間魔法》の【グラウィタスエリア】を取得しました》
《《死霊秘法》がレベル30になりました。スキルポイントを『2』入手》
《《死霊秘法》の【チェンジアームズ】【クイックチェンジ】を取得しました》
《《死霊秘法》の新たなカスタム先を取得しました》

「勝ったな！　風呂入ってくる」

「本当に勝ってから言うんじゃねぇよ。普通に汚れ流しだろうがそれ」

「今の状況的に風呂作るところからだけどな」

んー……実に美味しいですね。

死体の解体とアーツの確認をしないとですか……。レベル上がったのでＭＰは全快したのが助かりますね。結局《空間魔法》も使い、だいぶ減りましたから。

さあ、解体解体。

『終わったー！』」

それなりに時間かかりましたね……。

「では配布しますよー。インベは空いて……るでしょうね」

「『おう！』」

「愚問でした」

レイドやユニオンを組んでいる間のドロップ品は、ドロップリストに行きます。これはリーダーが配布ボタンを押すか、誰かが抜けようとするか、1週間が経過するかしない限りはそのままです。

配布ボタンを押すと、後はシステムが勝手にその人のインベントリに放り込んでくれます。ロットをしたいアイテムはロット設定にすれば別判定でできるので、とても便利ですね。この際インベがいっぱいだと、一定時間以内に整理しないとその場にぶちまける。

手に入ったのは……まあ、鶏肉と羽根ですよ。

ぶっちゃけ植物に侵食されてた鶏肉食べるの？　って感じですが、データ的に問題ないようなので美味しくいただきます。

羽根は……プリムラさん行きですかね。矢にするでしょう。

「ユニオンは……このままにしましょうか。また何かあるかもしれませんし」

「いんじゃない？　クエストにも組めば？　って書いてあったし。はい肉ー」

リーナや昨日のメンバーから鶏肉を受け取りましたが、お肉だけ貰っても他の食材ないんですが。

焼き肉のタレとかでも良いとは思いますが、あえて味付け塩オンリーで、お肉のみというワイルドな食事にしてあげましょうか。逆にプリムラさんには羽根だけ集まってましたけどね。勿論私もお肉と交換しましたとも。……そんなもんですよね。

さて、ベッドまで戻りまして……アーツやらの確認をしなければ。

おや？　あれは進化の光では。ＰＴリストを見ると、アルフさんとスケさんは今回ので30になったのですね。

「ふぅははは！　念願のリッチだー！　《高位不死者》！」

テンション高いところすみませんが、外見的にはむしろ劣化したのでは……。

「……なんか外見劣化してね？」

「えっ？　えっ⁉」

一号を初期スケルトンで召喚し直し、自分の体をガン見しているスケさんの横に並べます。これで違いが分かるでしょう。

「微妙に黒い……暗いですか？」

「なるほど。灰色かな？　いや、暗い……光が減衰してる？」

「よく見ると思ったより違いますね」

「だね。良かったな！　俺は進化なかったしな！」

「お前は進化早かったろー！　姫様はまだ？」

「まだ27ですね。イベント中に30にしたいところです」

ところで、さっきから霊体系の２人がいるのですが。どなたですかね？

「おや、進化ですか」

「二陣だってさ。20の進化らしいよ。さっき知り合ったところ」

「もう20ですか。早いですね」

「二陣は学生なら最初から夏休みだからねー。最初は上がりやすいし？」

「「おお？」」

プリムラさんより下の子達……でしょうか？　半透明の人型で、薄っすら色が分かる感じ。片方は薄紫の髪と目。もう片方は黄色の髪と目。髪型は両方ボブカット系ですね。というか似過ぎでは？　色彩以外で区別が……ああ、こっちの黄色い子は女の子ですね。薄紫の子は……多分男の子です。

「「おおー！」」

って声も似てますね……。双子っぽいですねー？　少し飛び回った後、私の方へやってきました。

「「姫様！　本物、本物だ！」」

「まるで私の偽者がいるようですね」

「アメはアメ」

「トリンはトリン」

「「よろしくね！」」

は？　ああ……！　自分のことを名前で言うタイプですか。自己紹介の時にされると謎ですね。

「アナスタシアです。よろしくお願いしますね。もはや姫様で構いませんが」

私が唇に人差し指を当てつつ言うと、２人も『シー』っとクスクスしています。凄いですね、この２人のシンクロ率。

「そうですね。個人情報は聞かれても黙っていないとダメですよ」

「「双子、中1、学校は秘密ー！」」

「プリムラさんより下の子ですね？」

「「うん！」」

プリムラさんが確か中２でしたか。この２人は小柄ですね。

「アメさんが男の子で、トリンさんが女の子ですね？」

「「凄い、正解！」」

中1ぐらいだと、男の子の身長が伸びるのはこれからですね。

「ふぅははは！　ようやくインベの肥やしだった装備がっ！」

「それっぽくなったたな？」

「「そうだ、装備があったね！」」

２人も装備があるんですか。用意が良いですね？

「「じゃーん！」」

「……もしかして２人共、エクストラ種族ですか？」

「「うん、そうだよ！」」

やはりそうですか。明らかに普通の装備ではありませんからね。しかしそうなると……。

「ほー、キーアイテム進化？」

「「これだよー」」

そう言って2人はランタンを前に持ってきました。デザインが同じ黒いランタンですが、中で燃えている火の色が違いますね。アメさんが青。トリンさんが緑。

更にアメさんは大鎌。トリンさんは木製のやたら長い棒。そして2人共防具もあるようで、薄汚れた黒いローブを装備しました。不思議なことに装備全てが体と同じく半透明です。

「鎌は死神として……棒ってなんだ？」

「なんだろうな？」

「アメは魂の収穫者（ソウルハーベスター）！」

「トリンは魂の運び人（ソウルルーター）！」

「ふむ……役目は分かったなぁ」

「トリンちゃん、その棒って何か聞いても良いー？」

「これは渡し守の棹（さお）」

「んー……あ、あれかー！」

「あー……理解した。この長さも納得だわ。あれか……」

「アメさんのは死神の鎌だったりします？」

「死神の大鎌ー」

「死神と渡し守系統の双子かー……」

スケさんはちょっと威厳ある……法衣でしょうか？ にマント。そして右手にいつもの杖、新しく左手に本です。背表紙が読めませんが……ぶっちゃけあれでは？

「スケさんその本、例のあれですか？」

「うん、キーアイテムだったやつ」

「ああ、やはり……ネクロノミコンですか」

「ＨＡＨＡＨＡＨＡ。魔法増幅効果あるんだこれ。つまり魔法攻撃力アップ！」

「それは良いですね。私のキーアイテムは消えちゃいましたからね……」

進化もしたのでスキルの確認をするようですね。私もアーツを確認しましょうか。

【ポンメルフェリーレ】

レイピアの柄頭(ポンメル)でぶん殴る。出が早く、対象をスタンさせる。

【ルーメンピラー】【ノクスピラー】

円柱状の天まで届く魔法の柱を出現させ、範囲内の敵に多段ダメージを与える。

【グラウィタスエリア】

指定範囲の重力を上げる。重力の強さはスキルレベル依存選択式。

【チェンジアームズ】

下僕の装備を別のテンプレートへ即座に切り替える。

【クイックチェンジ】

下僕を別のテンプレートへ即座に切り替える。

ふむ……。【ポンメルフェリーレ】は確実に筋力判定では？　威力に期待はできないでしょうが、出の早いスタンアーツだと考えれば悪くなさそうですね。

ピラー系は円柱状の設置型多段ヒット系魔法ですか。ウォール系とは逆の使い方になりますね。ピラー系は動かない敵、ウォール系は動く敵に。

【グラウィタスエリア】は【グラウィタス】の単体指定型から、座標指定型になったバージョンですかね。消費MPヤバそうです。

【チェンジアームズ】に【クイックチェンジ】は……《死霊秘法》の便利系魔法ですね。【チェンジアームズ】の方が嬉しいところです。即座に素体を変えたい場面が今のところないので、【クイックチェンジ】はなんとも言えません。

「んー……姫様ー」

「どうしました？」

「姫様の使役系スキルってPT内の～ってタイプだよねー？」

「ええ、そうですね」

「ふむ……。じゃあやっぱ別物なのかー」

「リッチ固有的な物ですか？」

「自分が召喚した下僕達のステータスが上がるっぽいねー」

「ああ、強化召喚……クリエイトボーナス的な方向なんですね」

「つまり姫様のPT下で僕が召喚すれば強いと」

「そうなりますね」

おっと、ついに別の食材が運ばれてきましたか。作りますかね。何だかんだお昼近いのですか。午後は皆探索に出るでしょうから、それまでに作りたいですね。

「むぅ……30で解放された種族スキル優秀だな……欲しいが……」

アルフさんも何やら悩んでいますね。

《死霊秘法》30による変化は……メタルの上がアーマースケルトンですか。そう言えば既に鎧を着てるっぽいのがいましたね。防具の装備ができるようになるのはここからでしょうか？　まあ、私のベースレベルが足りないので、まだアーマースケルトンの召喚はできません。

30レベ台の召喚はまだできませんが、スキル構成は可能なのでそっちを考えましょう。

現在下僕のスキルスロットは基本6の種族6に加え、《王家の権威》による3個。つまり15個持てますね。そして30になったことにより、2次スキルが解放されている……と。

ん……？　なるほど……下僕達のスキルの仕様上、私の《王家の権威》による共有化より普通に付けた方が強い場合がでますね。

下僕達は《死霊秘法》のスキルレベルが、そのまま所有スキルレベルになります。今まで《王家の権威》で渡していた、私の《HP超回復》は26レベ。しかし30になったことで自前の《HP超回復》が持てるようになった下僕達。自前のスキルレベルは30になります。私の《HP超回復》が効果で負けるわけですね。

　これは本格的に総入れ替えの検証が必要ですね。料理しながらでは辛いですか。先に料理を済ませましょう。

「ターシャママ、ありがとです！」

「はい、気をつけるのですよ」

「えへー……」

　ご飯を渡したらグリグリ抱きついてきたアビーを撫でつつ、エリーと話します。

「何だかんだノリ良いわよね。まあ行ってくるわ」

「2回死んだらアウトなので慎重に」

「ええ、分かってるわ」

「では行ってくるです！」

　エリー達4人を送り出します。アビーが人形3体連れているので、7人ぐらいぞろぞろと西の森へ向かっていきました。

「じゃあお姉ちゃん！　行ってくる！」

　リーナ達は東の森へ。

「トモ君、北に美味しい肉を取りに行かないかい？」

「おー、行きますかー。良いよな？」

「良いぜー」

「北は1PTだとまだ効率悪くてね……。ついでに鉱石採りたいところ」

トモとスグ達はセシルさんと北に狩りですか。亜竜強いらしいですね。セシルさんが言うには北は対空手段必須、できれば打撃武器、そして2PT以上推奨とか。

トモは魔法で、スグは両手槌。他のメンバーもタンクに、補助系魔法……所謂神官系と長弓なので、北に向いているのでしょう。

どちらかというと双剣なセシルさんが一番辛そうですね？　まあ、いってらっしゃい。

「俺らはどーする？」

「レベル上げたいので狩りと採取でしょうか」

「せっかくだし2人も来るかい？」

「『良いのー？』」

「良いんじゃない？　他のプレイヤーとは組みづらいでしょ」

他と同じようにうっかり《聖魔法》使われたら死にますからね。そういう意味では私達と組んだ方が、事故はありません。

「ではPTに誘いますね」

「『わーい！』」

「む、こんなスキルが。今の状況で下僕達に付けない理由がない……」

二号と三号を送還し、アメさんとトリンさんをPTに誘って西の森へ向かいます。《直感》が気になるのと、進化組の確認もありますからね。私も下僕達のスキルを考えたいので、東や北は見送りです。

「《物理耐性》は私から渡した方が良いけど、《HP超回復》は自前の方が良くて……《自動回復特性》の上位スキルが《回復特性》ですか……ふむぅ」

「姫様召喚どうする？」

「スケさんが2体で良いですよ？　30レベ台召喚できますか？」

「いけー……なくもないね」

「ではそうしましょう。召喚でボーナスあるようですし」

「おっけー」

スケさんは中型1体と小型1体を召喚です。

私は……追加されたカスタムというのはこれですか。

ワーカー
召喚者と生産・採取系スキルが共通で使用することが可能な、召喚者のサポート役。
ただし戦闘能力は皆無であり、生産もレシピからの再現しかできない。
採取に制限はないが、スキルによる移動可能距離を超えることはない。
敵に狙われにくいが、狙われないわけではないので気をつけよう。

ああ、私はこれにしましょう。採取もしたかったので丁度良いですね。ワーカー限定ミニスケルトン……サイズコストが2倍から1倍になってますね。ではこれで……3倍上乗せ4本腕カスタム。

「お、ワーカーって奴？」

「ですね。エルツさんから貰った採取ナイフと、解体ナイフを持たせましょう」

戦闘スキルは持てすらしないようです。沢山ワーカーで召喚すれば捗りそうですが、敵に襲われると逃げるしかないよっていう極端なタイプ。

「では一号、見える範囲で採取するのですよ。敵がいたら逃げてくるように」

「カクン」

これでよし……と。


アメさんは死神の大鎌の柄の部分、トリンさんは棹の先端にランタンを吊るし、その状態でふわふわと付いてきていますね。霊体の浮遊はMPを使用しないタイプだそうです。逆に歩くという動作が難しいらしいですけどね。

「よい……しょ！　うーん……」

「敵を通過するようですね」

「刃を意識して振った方がダメージが多いかな？」

「2人のは随分特殊な装備だねー？　僕はとてもシンプルさ！」

私の装備も中々特殊と言えば特殊ですからね。レイピアの形をしていますが、実質魔法触媒であり盾です。私がそういう使い方してたせいですけど。

スケさんが魔法詠唱中は左手に持っている本が動き、怪しく光ります。かっこいいのは認めましょう。ええ、良いですよね。詠唱中に勝手にパラパラする本とか。

二陣なので火力はまだ低いですが、アタッカーが増えたのは良いですね。しかも浮遊タイプの魔法アタッカーと遊撃です。

更にアメさんの周辺にいると、光と闇系統魔法の被ダメージを軽減させるバフが付きます。そしてトリンさんの周辺にいると、光と闇系統魔法の与ダメージが微増するバフが付きます。どちらもランタンの効果らしいですよ。

そして私達が敵を倒すと、ふらふらと光がアメさんのランタンに引き寄せられ……吸い込まれて光ります。またふらふらとランタンから出てきたと思ったら、今度はトリンさんのランタンに吸い込まれ……ランタンから光が昇ります。

「これ完全に召されてるよねー？」

「アメのが集めて！」

「トリンのが送る！」

「「2人いると取得経験値微増！」」

「へー……今後ともよろしく……」

「「任せてー！」」

「取得経験値微増ですか。レアですね？」

「レアだねー。割と定番のはずだけど、まだ聞いたことなかったし」

話しながら狩りしつつ、一号が採ってきた素材を受け取りインベにしまいます。ワーカー用に鞄なり収納が必要ですね？　ポーチがあるということは、鞄が作れると思うんですよ。まあ今は仕方ありませんので、一号から受け取りますが。

「そう言えば、２人はヘイト管理大丈夫ですか？」

「「うん、ダメ！」」

「未経験ですか。とは言え、ここでは敵が弱過ぎるので練習できませんね」

「北かな？　２人なら失敗しても上に逃げれば……」

「上は上でワイバーンいるから無理じゃねー？」

「んー……まあ、レベル的にも俺らからヘイトをぶん取ることはなさそうじゃない？」

ＰＴでやる以上ヘイト管理は重要ですからね。ヘイト管理をミスると一気に崩れるので、ボス以外で練習しておきたいところです。しかし、アルフさんの言う通り、レベル的に問題ないですかね。

連携の確認は……ほぼ不要ですね。このＰＴ３人が魔法アタッカーです。１人は上空からで射線も被りませんし。アルフさんとアメさんも被ることはないでしょう。上空同士も双子なので平気と。

敵に対空手段がないなら、いっそトリンさんにタゲを持ってもらうのもありですね。上空から魔法攻撃してれば良いですから。そうすればアルフさんも《両手剣》で攻撃できます。

人が増えたので幅が広がりますね……。おや、また《直感》ですか。

む……？　これはＰＴチャットですね。

「アルフさん、これいつものではありませんね？」

「ああ、うん。やっぱり？　ＰＫかもしれん」

「ほほーん？　２人は上空行ってきて」

「「分かった！」」

「一号を【クイックチェンジ】で、対人用メタスケワンコにしておきましょうか……」

なるほど、こういう時に【クイックチェンジ】が役立つわけですね。リキャストが長めですが、仕方ありません。

光系統軽減効果のある【遮光機構（アンソール）】を使用しておきます。

「光範囲が来ませんように」

「私達を狙うなら来るでしょう？」

「僕耐えられるかなー？」

「俺達狙うのは二陣ぐらいな気がするんだけどな？　まあ、俺らにとって一番ヤバい攻撃だから、使えると思っておいた方が良いか」

「ですねー。スケさんはアルフさんの側で」

「あいよー。姫を守らない僕らな」

「俺らの姫様パリィタンクだから」

採取のため１人離れた一号をチラチラ確認すると、ＡＩレベルを上げていた甲斐（かい）がありましたね？　これでもトップ層です。ＰＫ対策は考えて一号には教えておきましたからね。

両手剣を水平に持ち、姿勢を低くして《追跡》で索敵中。スキルを弄ったので《闇のオーラ》に包まれた一号です。

突然PTチャットだけだと不自然なので、カモフラージュしておきませんとね。

「そう言えば、レアモブ的なのはいるんでしょうか?」

「っぽいのはいるって聞いたねー」

「っぽいの?」

「個体数が少ないだけなのか、レアポップなのか分からんって」

「なるほど」

「ちなみにそれらは東の森」

《危険感知》……範囲じゃなくて私狙い?

避け……られませんね。【ライトランス】を【ロイヤルアンチマジック】で弾き飛ばします。白いのが見えた時点で《光魔法》系統ですよ。

「なに⁉」

「ランス系は弾速そんなありませんからね……」

「【ピュリファイ】」

「その程度で《高位不死者》を浄化できるとでも?」

「くそっ! ぐあああ! いつの間に⁉」

「一号、そのまま仕留めなさい」

飛んできた矢を弾き飛ばします。魔法が2と弓が1……残りはなんでしょうね? 《聖魔法》を使えた敵は一号に食われるでしょう。完全に魔法の選択ミスですね。正解は開幕で【ルーメンエクスプロージョン】ですよ。

「装備の素材的に二陣の新人ＰＫかな？　まあ、助かったね」

「くっ……ライトア……」

「とりゃぁー！」

アメさんが魔法使いに不意打ちして不発ですね。ああ、弓２人いましたか。トリンさんが行動前に魔法攻撃を開始と。

それとアサシン系が２人潜んでいますね。

「アルフさん、気づいていますか？」

「見えてるよ。問題ない」

「では２人に任せます」

さっきから弓がやかましいので、私はそちらを狙いますか。

「【ノクスマジックミサイル】」

「なっ……！」

「隠れていたつもりかい？」

「くっそ！　うおおおお!?」

スケさんが片方に魔法を撃ちあぶり出し、下僕達が襲いかかってますね。スケさん本体がやることなさそうです。下僕達２体でも相手からしたら格上でしょうから。

出てきたもう1人はアルフさんに阻まれました。

「そもそも、俺達不死者組にクリティカルは出ないぞ？」

「うるせぇ！」

「まあPK相手に何言っても無駄か。倒すに限る」

どこも1対1になりましたか、お粗末ですね。何しに来たのでしょう？

まあ飛んでくる矢を弾きながら、そちらへ歩いていきます。敵は短弓ですね。あれの最初のアーツは【アローレイン】なので、森の中では微妙過ぎます。恐らく使ってこないでしょう。

「くそっ！　本当に人間か⁉」

「失敬な。パリィしてるだけではないですか」

「そう簡単に全部弾けて堪るかぁ！」

「はて？」

「く、来るなぁ！」

「人を化け物みたいに言わないでもらえますか？」

「グエーッ！」

「あ、一号。1人片付いたのですね。ではそれも頼みましたよ」

「カタカタカタ」

「くそぉ！」

ふむ？　アメさんとトリンさんも終わっているようですね。アルフさんとスケさんは……遊んでますね？　あ、死んだ。

　こちらの被害は0でしたね。使用魔法的には二陣でも上の方かもしれませんが、こっちは一陣の上の方です。しかもバフマシマシ。

《《宛転流王女宮護身術》がレベル20になりました。スキルポイントを『1』入手》
《《宛転流王女宮護身術》のアーツ【ロイヤルスタンス】を取得しました》

「片付きましたか。ところでスケさん、いつから録画してるんです？」

「え？　最初の魔法が飛んできてからー」

「開幕からでしたか」

「最初から撮らないと面白くないじゃん。ハハハハ、掲示板にあげよ」

　まあ、そこは好きにしてもらって構いませんが。

「なんで開幕範囲じゃなかったんかね。《聖魔法》だけで《閃光魔法》取ってなかったとかー？」

「【ピュリファイ】ってレベル10だよな？　そこそこ行ってるのに《聖魔法》だけか？」

「私だけは確実に倒しておきたかったからでは？　私が皆にバフ与えているのは知ってるはず」

「でもそれだと、姫様が《高位不死者》でパリィ型なのも知ってるじゃんねー？」

「さすがに撃った弓全部弾くレベルだとは思わなかったんじゃ？　正直びっくり」

「姫様本当に中の人いる？　ＡＩじゃない？」

「失敬な！」

「「《高位不死者》って【ピュリファイ】効かないのー？」」

「「「…………」」」

あれ、浄化耐性って触れてませんでしたっけ？

「……言った覚えがありませんね？　あー……リーナには言ったような……」

「俺も……言ってないね？」

「そもそも僕はさっきまでなかった」

「アメさんとトリンさんもあるのでは？　中位不死者か高位不死者だと思うのですが」

「「えー……中位！」」

「じゃあ俺と同じ小かな」

「「おー浄化耐性：小がある！」」

【ピュリファイ】は一番最初の浄化攻撃ですから、浄化攻撃：小とか極小では？　中位以降はろくに効かなそうですね。というか初期の【ピュリファイ】で浄化されたら、高位不死者（笑）になってしまいますからね……。普通に考えて効かないでしょう。

とりあえずアーツは……。


【ロイヤルスタンス】

攻撃力を下げ防御系スキルに補正を加える。【ガード・パリィスタンス】の複合。

んー……悪くはないのですが、魔法アタッカーポジションである私が攻撃力下げるのはあれですね。【ロイヤルスタンス】状態で【ロイヤルシュトルツ】により攻撃力を上げる？　できるなら良い感じですが、これは計算式次第ですね。試さないと分かりません。

「まあ……まだ時間はありますし、探索しましょうか」

「「おー！」」

一号をワーカーへ戻し、ＰＫ達がばらまいた素材系を頂きまして、再開です。

何か見つかると良いのですが。

■公式掲示板4

【無人島には】夏といえばキャンプ　2日目【何を持っていく?】

1. 運営

ここは第二回公式イベントのサバイバルに関するスレッドです。
イベントに関する総合雑談スレとしてご使用ください。
初日はこちら。

911. 遭難した冒険者

よし、これで大体の食料は共有されたか?

912. 遭難した冒険者

多分な。見てないやつは知らん。

913. 遭難した冒険者

そこまでは面倒見れん。

3531. 遭難した冒険者
　うるせぇぇぇぇぇぇぇぇぇ！

3532. 遭難した冒険者
　くっそ！　何なんだこのきたねぇ合唱は！

3533. 遭難した冒険者
　最高にうるせぇ清々しい朝だな！

3534. 遭難した冒険者
　清々しいとは。

3535. 遭難した冒険者
　まあ天気だけは良いぞ。晴天だ。

3536. 遭難した冒険者
　ただし聞こえてくるのはクソみてぇな濁声コケッコーだ。

3537. 遭難した冒険者
　なんかあったのか？

3538. 遭難した冒険者
　多分イベントだ。島中央でな。

3539. 遭難した冒険者
　親切極まりない大量の鶏が起こしてくれたんだよ。濁声でな。

3540. 遭難した冒険者
　姫様が募集したユニオン名はこちら。
『なんてこった！　朝食が走ってくるぜ⁉』
3541. 遭難した冒険者
　食べる気満々で草。
3542. 遭難した冒険者
　鶏さん逃げてー！
3543. 遭難した冒険者
　誠意を持って奴らを出荷する事を誓います。
3544. 遭難した冒険者
　誠意を調べ直してこい。
3545. 遭難した冒険者
　誠意とは：私欲を離れて正直にまじめに物事に対する気持ち。まごころ。
3546. 遭難した冒険者
　……微妙なところだな？
3547. 遭難した冒険者
　誠意を持って奴らを出荷する事を誓います！
3548. 遭難した冒険者

どうやら曲げるつもりはないらしいぞ。

3549. 遭難した冒険者
朝食にしようとしてる時点で完全に私欲な気がするが、突っ込んできた魔物を処理するという意味では真面目だな。

3550. 遭難した冒険者
塩皮ぁ！　タレモモォ！

3551. 遭難した冒険者
完全に私欲だろこれ。

3552. 遭難した冒険者
焼き鳥にする気満々じゃねぇか。

6836. 遭難した冒険者
皮うめぇ。

6837. 遭難した冒険者
早速食ってやがる。

6838. 遭難した冒険者
お酒欲しいなー……。

6839. 遭難した冒険者

無人島で酒盛りする気かお前ら。

6840. 遭難した冒険者

酒とつまみがあれば場所は些細（ささい）なことだろ？

6841. 遭難した冒険者

BEER IS MADE FROM HOPS.
HOPS ARE PLANTS.
THEREFORE BEER EQUALS SALAD!
YOU'RE WELCOME!

6842. 遭難した冒険者

は？

6843. 遭難した冒険者

それは草。

6844. 遭難した冒険者

翻訳はよ。

6845. 遭難した冒険者

ビールはホップから作られている。
ホップは植物である。
つまり、ビールはサラダと言える！

お前を歓迎するぜ！

6846. 遭難した冒険者

草。

6847. 遭難した冒険者

なるほど！　安心して飲めるな！

6848. 遭難した冒険者

それを嫁さんに言ってみよう。

6849. 遭難した冒険者

確実に殴られる。

11053. ほねほね

ＰＫいたから気をつけてねー。

http://＊＊＊＊＊＊＊/honehone/watch＊＊＊＊＊＊＊

11054. 遭難した冒険者

ほぉん。やっぱいるのか。

11055. 遭難した冒険者

スケさんって事は姫様もじゃねぇか！

11056. 遭難した冒険者

ギルティ。

11057. 遭難した冒険者

これ二陣だな？

11058. 遭難した冒険者

二陣っぽいな。と言うか、これもう詰んでるな？

11059. 遭難した冒険者

これ開幕どうしたん？

11060. ほねほね

姫様狙って【ライトランス】が来たね。案の定弾かれたけど。そこからの録画ー。

11061. 遭難した冒険者

なるほど。姫様狙うなら範囲ゴリ押し一択だと思うんだが……？

11062. 遭難した冒険者

そもそも不死者組狙うのはハイリスクノーリターンでしょ……。

11063. 遭難した冒険者

それな。ＰＫしても装備落とすの極低確率ってか……このイベント中はテーブル違うよな？

11064. 遭難した冒険者

違うはずだし、不死者組は装備出てもアルフさんの剣と盾、スケさんの杖ぐらいじゃね？

11065. 遭難した冒険者

3人共PSやばいしな。と言うか見慣れない2人がいるね？

11066. ほねほね

霊体系エクストラの双子二陣プレイヤー拾ったー。

11067. 遭難した冒険者

ほう！　片方は武器的に死神っぽいが……もう片方なんだこれ？

11068. ほねほね

魂の収穫者(ソウルハーベスター)と魂の運び人(ソウルルーター)だってさー。

11069. 遭難した冒険者

死神(グリムリーパー)はもっと上位かな？

11070. 遭難した冒険者

運び人で長い棒ってなによ？

11071. ほねほね

死神と渡し守のコンビだろうと思ってるー。

11072. 遭難した冒険者

渡し守って船の船頭？

11073. 遭難した冒険者

この場合は冥府の渡し守やろな……。

11074. 遭難した冒険者

三途の川を渡らせてくれちゃうやつかー。
11075. 遭難した冒険者
あ、アイテムばら撒(ま)いてんな。これイベントエリアから出されたな？
11076. ほねほね
あ、そうなの？
11077. 遭難した冒険者
2回死ぬと持ってるやつ全部ばら撒いて追い出されるっぽい。
11078. 遭難した冒険者
ちっ！
11079. 遭難した冒険者
ふぅ～ん……。
11080. 遭難した冒険者
姫様の近衛隊が怖すぎて草。
11081. 遭難した冒険者
ほんと色んな意味でハイリスクだからな……。
11082. 遭難した冒険者
達者でな……。
11083. 遭難した冒険者

スケさんマッパ卒業したん？

11084. ほねほね

ふははは！　進化して装備ができるようになったのだ！　なお法衣オンリー。

11085. 遭難した冒険者

ローブ1枚とかマニアックっすね……。

11086. 遭難した冒険者

むしろ変態度上がったのでは？

11087. ほねほね

見て見てこの骨盤！　素敵でしょー！

11088. 遭難した冒険者

草。

11089. 遭難した冒険者

きゃー露出狂ー！　じゃなくて確実にギャー！　だからな？

11090. 遭難した冒険者

コートの下がまさかの骨とかマジホラー。

11091. 遭難した冒険者

まあ、頭でバレてるんだけどな。

11092. 遭難した冒険者

それは言うな。

07　夏といえばキャンプ　3日目

無人島生活　3日目
それなりに整ってきた。なんとかなりそうだ。しかし、気になることもある。
1．この森は何かがおかしい？
2．森に入った一部の者が、たまに何かを感じるらしい。

ふむ。そろそろ西の森以外に行ってみたいですね。特に北。ワイバーンの素体が是非欲しい。通常フィールドでは見ませんからね。アメさんとトリンさんが少々辛いかもしれませんが、何もできないということはないと思いますし。

さて、朝食でも作りますかね。


……お？　誰かと思ったらクレメンティアさんですか。進化していますね。

「おはよー」

「おはようございます。昨日は随分早くから寝ていましたが、朝一進化ですか？」

「もうすぐで上がりそうだったからね」

「アルラウネですか？　それともドリアードでしょうか」

「アルラウネだよー。無事エクストラなれたよへっへ……」

「エクストラ種族なんですね。アイテムではありませんよね？」

「条件進化かな。綺麗な水とか人との交流、一定以上の《木魔法》に加え、頭にあった蔓の精密操作が必須っぽい？」

本体は人ですが、肌がちょい緑。髪はピッグテールで若葉色、瞳は琥珀ですね。花の髪飾り付き。服は蔓やらが巻き付いてワイルドです。身長は私と同じぐらいですね。降りれば……ですけど。

「へー……ところで、何に乗っているんです？」

「……さあ？　強いて言うなら開花しそうな蕾……かな？」

変な生き物とも、植物ともいい難い謎の物体に座っているクレメンティアさん。

「一応植物らしいよ？　移動速度は落ちるけど、これ中は全ステータス上がるの」

「……ちょっと可愛いですね」

「だよね？　ちょっと必死な感じが良いよね」

クレメンティアさんが座っている場合、当然下のが動くわけですが……なんでしょうね……。こう……ゴマちゃん的な動きなんですよ。

恐らく何かしらの蕾がモチーフです。花の部分が少し広がっており、そこにクレメンティアさん

が座っています。問題は花部分の下……花托（かたく）でしたか。そこが膨らんでおり、ガク片は鞭（むち）の様に。花柄（かへい）などはなく地面に。

　つまり花托が地面に付いているのですが、その花托部分……地味にフニャンとした顔っぽい模様がありまして。しかも花托には手足のような4本が、亀の尻尾みたいな感じで出ているんですよね。それで必死に動いているのが……可愛いですね。

「頭の葉っぱ部分にあった蔓がこの4本になりました。しかもこの蔓、普通に攻撃に使えます……なお、伸縮自在」

「植物モンスター感出てきましたね？」

「ねー。《縄》スキル取ったった」

「《鞭》になるんでしたか」

「うん、ポイントより経験値」

　戦闘メインの人達が順調に30台になり始めてますね……。私は少し生産に時間を回しているので、その分遅れるんですよね。更にこの種族になってから、経験値ゲージの増え方が遅いんですよ。最初のゾンビが早過ぎた気もしますが。

　まあそれはそうと。調べた感じイベントフィールドから追い出される場合、イベントで手に入ったアイテムなどをその場にばらまくようですね。つまり昨日のＰＫ組は私達に挑むより先に1回死んでいたわけで、既にいないと。アイテムが散らばっている場所があったら……ですね。

「姫様おはよー」

「おはようございます。眠そうですね？」

「そのうち目が覚める……。はいこれー頼まれてたやつ」

「助かります。これ朝食ですよ」

「ありがとー。頑張ってねー……」

「ええ、ありがとうございます」

プリムラさんから弓と矢を受け取りました。北に行くなら一号を弓装備にしたいですからね。良さそうならイベント後に発注しましょう。試し撃ちです。

しばらくしてアルフさんやスケさんも起きてきました。

「姫様今日はどーする？」

「北に行きたいですね」

「素体？」

「ええ、スケさんも欲しいですよね？」

「はっは、勿論（もちろん）。召喚コストヤバそうだけど」

「大ですかね？　６倍？」

えっと……30レベ台だと言っていましたね。となると（30×10）×6で１８００ですか……。３倍上乗せで５４００。１体でキャパシティが吹っ飛びますね……。

「そろそろ別の方向行きたかったし、俺は構わないよ」

「『行けるかなー？』」

「その鎌は鱗に阻まれませんし、トリンさんは魔法なので平気だと思います。ただ、あまり高く飛び過ぎないように気をつけてくださいね」

「『分かったー！』」

「北となるとどこか別のＰＴと一緒に行きたいところだ」

確かに２ＰＴ推奨ですから別のＰＴを誘いたいところですね……。取り込みしても問題ないＰＴが良いので、フレンドが望ましい。さて……。

ミードさん達が集まっていますね……どれ。

「ミードさん、行き先決まっていますか？」

「いえ、今決めようとしているところです」

「実は北にワイバーンなどの素体を取りに行こうと思っているのですが」

「ふむ、姫様のＰＴと行けるなら北はありですね。どうしますか？」

ミードさんのＰＴは……昨日と同じですが、増えてますね？　フェアエレンさんとクレメンティアさん、更にモヒカンさんと狼の人に……キューピッドさんの６人ですね。

フェアエレンさんがフェアリーから変わってますね？　フェアエレンさんが視線に気づいてドヤーとしてる時に、狼の人が寄ってきてクンクンします。

「無臭……」

「ヒャハハ、女性の匂いを嗅ぐのは失礼だぜぇ？」

「そのなりで言うな！　公然わいせつだろぉ！」

「フルチンのマッパに言われたくねぇぜぇ？」

「人聞きの悪いことを言うな！　こちとら狼だぁ！　つうかさすがに付いてねぇよ！」

オスの狼に付いててもいちいち気にしないとは思いますけどね？　大人の事情か何かでしょうか。

自己紹介は他の人からによる『駄犬』という一言で終わりました。駄犬さんです。毛並みが黒いので闇系かと思いましたが、そのようですね。闇系統の狼種だそうで。そんな本人は寝そべった状態で、両前足を頭に乗せていますね。

「うん、そんな格好しても中身が残念過ぎて可愛くないから、諦めな？」

「姫様ならきっと！」

フェアエレンさんに突っ込まれながらもチラッチラッしてきますが、スルーしてキューピッドさんに話しかけます。

「お久しぶりですね」

「おひさしー。教会以来？」

「シクシクシク……」

「そうですね。ミードさんのＰＴに入れてもらったんですね？」

「丁度タイミングが合ったもんで。まあ……ものっそ偏ってるけど……」

長弓に短弓、純魔、アルラウネ、狼、短剣ですか。改めて流し見た感じ、これあれですかね。

「もしかして、タンクはクレメンティアさんですか？」

「必要ならそうなるかなー？」

「今までは？」

「バインドからのボッコ！」

「フロンスと……シャドウですか？」

「はい。場合によっては空のエレンにタゲを考えていますが、火力はあるので今のところバインドで十分ですね」

まあ、ぶっちゃけ全員アタッカーですよね、このPT。クレメンティアさんが若干搦め手ですが……合同で北に行く分には頼もしいでしょう。

「それで、フェアエレンさんは何になったのです？」

「雷の妖精！　エクレーシーになったのだ！」

「何やらバチバチしているのはそれですか」

「フェアリーより飛行スピードが上がったんだけど、制御が難しくなったよ……。でも複合系でも変化するってのが分かったから収穫だね！」

「変化の特性と複合条件を考えると……最速30レベですかね？」

「んー……フェイなら純魔だろうから、多分20行けるかも。一陣は《高等魔法技能》の発見が遅かったから……」

今は入手法も公開されているので、狙えば20までに行けなくもない……ですか。そう言えば第二エリア行った頃は20レベ行ってませんでしたね。

フェアエレンさんは風、水、土の3属性を持っていたようです。嵐、木、雷の複合があることになりますね。全て取っているかは知りませんが。

まあ、11人でぞろぞろ北へ向かいます。11人いるのに人類2人だけですね？　エルフのミードさんと、人間のモヒカンさん。後は皆人外種。ゾンビ、スケルトン、リビングアーマー、レイス、フェイ、セクシーダイコン、ウルフ、エンジェルですか。面白いぐらいにバラバラですね。ツリーという意味ではレイスが3人ですけど。

「あ、一応言いますがキューピッドさん。我々に回復は不要なので」

「ああ、うん。おっけおっけ」

「注意するのはそれぐらいでしょうか？」

「致命的な問題はそれぐらいかなー？」

「戦闘に関しては……ポジションがあまり被らなそうなので、良いでしょう」

「これだけいて被らないのもどうなんだ？」

「同じアタッカーでも、そもそも種が違うから……」

空は4人で遊撃1、弓1、魔法2。残りは地上でタンク1、遊撃2、弓1、魔法3。戦場自体は広いので、広がれば射線が被ったりしないでしょう。

あ、野生のラプターが！　……逃げていきましたね。アクティブ条件にＰＴ人数が入っているのでしょうか。

「中々リアルな行動で面白いよねー。狩る分には面倒だけど……」

「サバイバルが題材だから、狩りも頑張れよってことだろうねぇ」

「私は実に楽しめていますよ。良い狩人生活です」

「本来狼は群れで狩りするんだけどぉ？　俺の番は？　ねぇ、番は？」

「ヒャハハハ、おひとりさまだぁ」

ミードさんは元々そっち系のプレイスタイルなので、むしろ今の方が一致しているわけですか。駄犬さんは１人でただの追い掛けっこが始まると。番は……まあ、頑張ってください。

さて、北側は森ではなく岩場と山になります。

チラホラと岩場に見えるのがリザーダインでしょう。ワイバーンは山の方ですね。今回の目的はリザーダインとワイバーンの取り込み後、普通に狩りでしょうか。戦えるなら一番美味しいのは北らしいですからね。

「おー……予想よりでかいねぇ。ラプターが食われてら」

「ラプターがまあ、俺達ぐらいとして……なるほど４メートル。でけぇな！」

「あれ……下手したら特大判定では？」

「召喚コスト６倍じゃ足りないかもねー？」

「……実際取り込めば分かりますか。殺りましょう」

セシルさんと狩りに行ったトモから、ある程度情報を仕入れておきました。まあ、意味的には狩り後の雑談だったのですが。

リザーダインのパターンはそう多くないようですが、注意する点はあるようで。まず基本となる噛みつきが物凄く強い。噛みつかれないように防ぐ必要あり。後は尻尾によるなぎ払い。これは予備動作が大きいので分かりやすいそうですが、でかいだけあって範囲が広く、大盾じゃないとノックバックもする。

更に亜竜というだけあって、ＨＰ半分以下で扇状のブレスを使用してくるとか。

「後はアルフさん。ピラーを使ってくるそうなので範囲から出てくださいね」

「了解」

「上にも判定があるので、飛行組は突っ込まないように」

「「分かったー！」」

「後は……マインを使ってくるそうなので、同じく突っ込まないように」

「ピラーにマインってことは……マジミサも来る系？」

「ですね。大人しく防ぐか弾くか推奨です」

「うへぇ」

フェアエレンさんが渋い顔していますが、中速高誘導低威力のマジックミサイル。避けようと頑張るよりさっさと防ぐか弾くかして、その分攻撃した方が良いそうですね。サラマンダーとかでもない限りは即死することはないだろう……だそうで。

ただしピラーから逃げずに全当たりや、マインに突っ込むなどした場合下手したら死ぬそうです。丸見えだからこその超高威力魔法ですね。Ｍｏｂならまだしも、プレイヤーで律儀にピラー全当たりする人はいないでしょう。

固まっているとエクスプロージョンが来るようで、魔法の選択は中々優秀らしいですね。

「では私が釣りましょう」

「分かりました」

長弓を持つミードさんからソコソコ離れアルフさんがスタンバイ。そのアルフさんが中心になるように、皆散開して待機します。いつも通りのアルフさんを先頭にした三角陣形だと巻き込まれるので、後ろより横側に距離を取りましょう。

ミードさんが【メテオシュート】により上空へ撃ち込み、すぐに【マグナムショット】を構え、弓とは思えない音と共に発射。メテオの様に赤い光を纏(まと)って降ってきた矢と、物理法則をガン無視して直線に飛んだ矢が、同時に直撃します。さすがですね。

「でかいので楽ですね。おっと……」

ミードさんによって釣られたリザーダインがこちらへ走りながら、３本の【アクアランス】をミードさんへ。距離があるので難なく回避。

【アピール】範囲に入り次第アルフさんがヘイトを稼ぎます。盾を地面に置き左足で下を、右手で上を押さえガン待ち状態で突進を受け止め……さあ、戦闘です。

「「うひゃー！　でっかーい！」」

「ヘイトに気をつけて背中を攻撃してください」

「「いえっさー！」」

「相手が女性の場合はサーではなくマダムなので、イエスマーム。またはマムにしましょう」

「「いえすまーむ！」」

「よろしい」

こういう遊び中の何気ないことによって言葉を覚えるんですよね。

まあそれはそうと、私も魔法攻撃を始めます。鍛えたいのもありますが、リキャストの問題もあり、光と闇交互ですね。

「2PTでこれかー」

「ヒャハハハ、しぶといなぁ？」

「おりゃー！　【トニトルスピラー】」

「ふむ、私もピラーを使った方が良さそうですね」

バチバチした光の柱がリザーダインの体の一部を飲み込み、中々のダメージを与えています。そう言えば、複合属性のダメージ補正について知りませんね。検証具合はどうなのでしょうか。終わったらフェアエレンさんに聞いてみましょう。

「【ソーングレイブ】……おほーっ！」

「ダメージエグない？　【フロンスランス】……おほっ……これは……！」

なにやらクレメンティアさんとフェアエレンさんのテンションがおかしいですが、《木魔法》がヤバいダメージ叩き出していますね……。

「げっ」

アルフさんの足元に青い魔法陣が出現し、水柱が上がりました。《水流魔法》による【メーアピラー】ですね。1ヒットして出てきました。

「いってぇ！」

「【ダークヒール】」

「さんきゅー」

魔法陣が出て1秒後から柱出現のダメージ判定発生。7秒継続6ヒットですね。MP効率で考えると、3ヒットぐらいから良いらしいですよ。敵にMP切れがあるか知りませんが。

リザードダインが1歩下がる動作をしました。なお、丁度駄犬さんが攻撃しに突っ込んでいる最中な模様。

「尻尾が来ます」

「ちょっ」

「ギャハハハ！　気合で避けなぁ！」

「あーっ！」

体全体を使った豪快なフルスイングが、防御体勢なアルフさんの大盾に当たり轟音(ごうおん)を響かせます。駄犬さんは見事……避けきれずホームランされました。

ジャンプで避けきれず良い感じに上の方に当たった結果、ホームラン。尻尾もかなりの太さとは言え……なぜ自分から太い方に飛んだのでしょう……。

「【ハイヒール】」

「あざーす！　おっふぅ……回復来なかったら落下ダメージで死んでたわ……」

「ほんと駄犬……なんで太い方に飛んだし……」

「いや、うん。なんでだろうな？　外側にジャンプするべきだわな」

「ヒャハハハ！　気ぃつけろよぉ？　スピード出るんだから余計だぜぇ？」

「おう。すまねぇすまねぇ」

狼なのでスピードは出ますからね……。あの加速は確実に《疾風迅雷》を持っています。最高速度は変わりませんが、2秒ほどで最高速になる……つまりチーターですね。今のところウルフ系と馬系が取れます。問題は方向転換がしづらくなり……車は急には止まれない状態になるそうですが。体重差的にも、ダンプに軽が突っ込んだ状態で被ダメが跳ね上がりますね。《聖魔法》を持っているキューピッドさんに回復されているので、任せてこちらは攻撃を続けましょうか。

「半分切るぞー！」

「トリプルがヘキサになるので気をつけてくださいね」

「「ヘキサって何個ー？」」

「6個ですよ」

「「6個かー！」」

地上や空中にランダムで6個の【メーアマイン】が出現しました。見た目にはただ水色の球体ですね。当たると爆発するらしいです。

「ヒャハハっとぉ！　あぶねぇあぶねぇ。突っ込むところだったぜぇ！」

「あーっぶないっ！」

「おわーっ！」

モヒカンさん、フェアエレンさん、駄犬さんと遊撃組が突っ込みそうになってますね。アメさんは相手が遥かに格上なので、慎重に行動していますね。

む、口に魔力が集まってますね？

「アルフさん、ブレスが来るかもしれません」

「お、まじ？」

「口に魔力が集まってるねー？　《高位不死者》の魔力視便利だー」

「【ハイシールド・水】」

付与の2次魔法ですか。キューピッドさんの魔法でアルフさんの体に、青い紐が巻き付くエフェクトが入り、鎧が淡い青で光ります。青い盾のアイコンが表示され、防御属性が水に。

リザーダインの口に集まっている魔力が変換され、口に水のエフェクトが発生。ブレス確定です。

《死霊秘法》の【フォーストゥコンバート】は、実は下僕専用ではないのですよね。アルフさんの余っているMPをHPに強制変換させましょう。

「アルフさんMP使いますよ？」

「よろしく！」

「【フォーストゥコンバート】」

「アルフー。地面に気をつけろよー」

「ああ、そうか。分かった」

手足をガッチリ踏みしめ発射体勢になったので、アルフさんは防御体勢へ。私とスケさんは【ダークヒール】の詠唱を始めておきます。

アルフさんに向かって扇状に広がる水の激流が襲いかかります。三角陣形がダメなのはこのブレスのせいですね。扇状なので全員巻き込まれることになります。

そしてアルフさんに【ダークヒール】を飛ばしますが、余裕がありましたね。【ハイシールド】による同属性化と、【フォーストゥコンバート】が効いてましたか。

「どっちに動く？」

「アルフさんに合わせるので、好きな方に」

「あいよ」

ブレスが終わった後の地面は軽く抉れ、ビチャビチャになってしまいます。足場が悪いのでアルフさんが移動。余裕のあるこちらが合わせます。

このイベントフィールド、どうも攻撃が地形に反映されるようなんですよ。座標指定型爆発系魔法の【エクスプロージョン】を地面に撃つと、そこそこ抉れるようで。一定時間後に自動修復されますが、修復は戦闘終了後からなので注意が必要。

メインフィールドはそんな事ないので、このイベントフィールド専用仕様でしょう。基本的には自分達で自爆するか、北の亜竜と戦わない限り実感は薄いとか。

「スケさんはブレス来ても攻撃継続で」

「おっけー」

ブレスはディレイがそこそこ長いようなので1人で十分ですね。まあ、連発されたら堪らないのですが。


その後もブレスを2回ほど使ってきましたが無事に倒せました。

「ふー……強かったな」

「だねー。体力高いのなんの」

「体力の種族補正がヤバいんだろうなー。サイズもでかかったしー？」

「これは確かに美味しいですね。今日は亜竜狩りですか？」

「ええ、是非それで」

「スケさん、先に取り込んじゃってください」

「よしきた」

取り込み時増加キャパシティは12。（30×10）×8が基本コストだそうで。２４００ですかー……3倍召喚すると７２００とか、私は足りませんね。

「あれ？　なんか特殊だぞー？」

「何が違うんです？」

「上乗せが7倍までできるけど、1体しか召喚できないっぽい？」

「3倍ですらキャパシティが足りてないというのに……1万6000ですか」

「1万6800だね……余裕で足りんわー」

サイズで召喚可能数が決まっているようですね。5体全て特大でPT埋めはさせてくれないと……。私の方ではそこまで見れないので、特大を取り込めば分かるのでしょう。

「さあ来るのだ！」

「「なんかでかいー？」」

「確かに……」

「召喚体による個体差の違いでは？　微妙に違うらしいですから」

「同じ種族でも差があるらしいねー！」

「うははは！　さすが僕の子！　パッシブの召喚体強化の影響かもしれないけど！」

「ああ、なるほど。リッチのパッシブですか」

「あれ、何気に消費MP重いな!?　召喚できるのが1体だけだからかー？」

北上しながら道中にいるリザーダインを倒していきます。勿論取り込ませてもらいました。30なら《腐乱体》がなくなるようで、ゾンビタイプで召喚されたスケさんのリザーダインをサブタンクとして加えます。これにより敵の動きをかなり制限できたので、結構楽になりましたね。

取り込んで分かったのですが、竜種と亜竜で召喚条件が違うようです。

竜は9倍まで上乗せ可能で、２枠消費の上限1。

サイズ特大は7倍まで上乗せ可能で上限1。亜竜はここ。

サイズ大は5倍まで上乗せ可能で上限3。

他が今まで通り3倍まで上乗せ可能で、上限はＰＴ枠まで。

本では純血、混血、亜竜だと書いてありましたが……本を鵜呑(うの)みにするのはやめた方が良さそうですね。純血が竜、他亜竜なのか……純血と混血が竜で、亜竜だけハブなのか。そもそも竜種の血のサンプルを用意できてるか怪しいので、血で分けてるのが既にあれなのか。

《死霊秘法》のこれだけでは判断できかねますが……今人類ではこう思って、こう分類してるよ！程度だと思って良さそうですね。

キャパシティさえあるなら竜と特大、大3と自分のフルＰＴが可能になるわけです。必要なコスト？　えー……１００レベ素体だとすると初期コストで3万６０００ですか。竜の初期コストだけで（１００×10）×10で1万持ってかれます。フルカスタムしたら竜1体でＭ単位になりますね。

まあ、遠い未来の話です。

私はまだ召喚できないので、特に変更はなしで。

「ところでフェアエレンさん」

「なにー？」

「複合魔法って弱点判定どうなってるんです？」

「んー……まだ検証が不十分だけど、増加分のみ計算されてる……っぽい？」

「弱点のみ優先されると？」

「うん。後は発生する状態異常が複合側の凍結やら麻痺が付く」

ふむ……つまり、水のリザーダインには土系統が入っていれば良いのですか。土または大地。複合なら岩漿、木、雷でしたかね。

これから戦うワイバーンは火なので水ですか。氷か嵐、更に木……？　水分含んでいる木でも流石に火は辛いんじゃないですかね……？

「まだ属性持ちの敵が全然だから、検証も進まなくてねー」

「メインフィールドだと……水と闇ぐらいですか？」

「そうなんだよー」

南の海、それから旧大神殿エリア、そして不死者組の種族スタート地点ぐらいですか。確かに、まだ属性持ちが少ないですね。

「さて皆さん。ワイバーンですが、本来は落とさないと話にならないようです」

「俺らは4人飛べるけど……双子はまだきついか」

「『空中戦は無理ー！』」

「だよな」

レベル差あるし、霊体系は飛行速度自体が別段速いわけではないので、ドッグファイトは辛いでしょうね。

「ブレスが火になるので、クレメンティアさんは焼かれないように」

「うへぇー」

「翼を潰せば良いんですよね？」

「はい。落とすまでが大変で、落としてしまえばリザーダインの方が強いとか言ってましたね」

「飛竜が飛べなくなったら……なぁ……」

「稀にリザーダインと２タゲ状態になるそうですから、地上も多少注意を」

「周り見とくねー！」

「お願いしますね」

空から見てくれるなら多少楽ですね。２人に頑張ってもらいましょう。

ワイバーンの行動パターンは基本的に、空からの火系魔法による攻撃です。ただ、一番強い攻撃は『高い高ーい』だそうですけど。どんな攻撃かと言えば、掴んで飛んで落とすだけですよ。最強の武器は地面。

「ヒャッハー！　トビトカゲ狩りだぁ！」

「ヒャッハー！」

「……やべぇな。子供に悪影響与えそうだ。少し封印するか？　いやしかし……」

んふっふっ……モヒカンさんが良心と戦ってますね……。

「姫様を真似することを祈ろう、うん。ヒャハハハ！」

「さらば良心……」

フリーのワイバーンは……あれですかね。索敵範囲はかなり広いとか言ってましたが……あ、来ますね。

「一号、飛んでいる間はなるべく翼を狙うように」

「カクン」

飛んできた【ファイアランス】を散開しつつ避けまして、戦闘開始です。

アルフさんが【アピール】で釣りつつ、遠距離組が翼を狙います。

「【エアロフラック】」

「【ウェントスランス】」

「【ノクスマジックミサイル】」

「【グラウィタス】……流石に落ちませんか」

「多少動きは悪くなってるかな？　飛行方法によって効果が違うとかー？　ワイバーンは完全に魔法で飛んでるよねー」

「なるほど、一理ありますね」

なるべく体重を軽くして飛んでる鳥系と、そんなの関係ねぇが如く魔法で飛ぶ竜種ですかね。前者は多少の体重変化で落ちるでしょうが後者は……。

いまいちこう、コストの割に使えませんね……《空間魔法》は。

弓の3人から放たれる緑色の光はワイバーンの近くで爆発し、良い感じに翼にダメージを与えていきます。一号の弓がたまにあらぬ方向へ飛んでいますが、初使用なので仕方ありません。そのうち慣れるでしょう。

フェアエレンさんは飛行スピードを活かし、背後から翼へゼロ距離で魔法を撃ってますね……。

「魔法が当たらない？　当たる距離まで行けばいいよねー。ははは！」

「おりゃー！」

「偏差難しいなー！」

アメさんとトリンさんも頑張っていますね……。

「【フロンスランス】……んー？　やっぱ微妙？　【メーアマジックミサイル】」

クレメンティアさんは属性的に見れば《木魔法》で良いと思うのですが、どうもダメージの伸びが微妙な模様。マジミサがワイバーンに襲いかかり、【フロンスランス】より大きなダメージを与えます。

「んー……水と土以外にも、植物って判定がありそうだなー。大人しく水かな」

威力が低いはずのマジミサが、威力重視のランスに勝っているので何かしらあるのでしょうね。

クレメンティアさんは《木魔法》から《水魔法》に切り替えます。

フェアエレンさんは《嵐魔法》で、私達は闇ですね。

「ヒャハハハ！　降りてこないとやることねぇぜー！」

「モヒカン魔法は？」

「汚物は消毒だぁ！」

「……火か。他はないん？」

「凪だぁ！　火に凪は効かねぇ！　詰んでるぜぇ！　ギャハハハ！」

「ああ、《灼熱魔法》な……」

「ヒヒヒ、早く降りてこいよぉ……」

「おい、そのなりで短剣ペロペロすんなぁ！　絵面ヤベェからよぉ！」

「キタァ！　ヒへへへ、新鮮な肉だぁ！」

「ＲＰキマリ過ぎててガチやべぇ奴で草」

……楽しそうですね、モヒカンさんと駄犬さんは。

落ちてきたワイバーンを押さえ込みます。確実に翼を潰して二度と飛べないようにしてやりましょう。翼を削り切れずに体力が減ってしまうと、空中からブレスが来るらしくかなり厄介なそうですが、このＰＴだと全然余裕ですね。

降りたことで尻尾を振って攻撃してきますが、アルフさんの大盾に阻まれます。

「囲み過ぎるとバーストが来るので気をつけてください」

「おっと、そうだった」

ワイバーンはリザーダインよりも上です。よって、使ってくる魔法もリザーダインより多い。

赤い光線である【フレイムレイ】がアルフさんを盾ごと貫き、貫通しているエフェクトを残して消えました。

「うぉお！　これがレイか！」

「【ダークヒール】」

「今度はマインか。地上は地上で使う魔法が増えるなぁ」

「属性あった方が良さそうだね？　【ハイシールド・火】」

「魔法防御に関しては、ぶっちゃけ姫様の方が高いからなぁ……」

ワイバーンの変わっているところはもう1つ。ヘイト値1番以外にも魔法による攻撃をし始める。ランダムか分からないが、2番目と3番目に攻撃をするんだとか。条件は体力が半分以下なので、ブレス解禁と同時ですね。

「お、そろそろブレス来るぞー。駄犬、後ろ来んなよー」

「名指し！」

まあ、駄犬さんは地上を走り回りますからね……。可能性が高いのは駄犬さんでしょう。

体力は半分以下になり、パターンが少し変わります。ワイバーンが出した【フレイムマジックミサイル】の6個中3個がアルフさん、2個がミードさん、1個がフェアエレンさんに向かっていきます。

「うぇあー⁉　火はダメだってー！　ダメなのか？　複合で攻撃時は増加分が優先されてるけど逆は……検証するにはリスクが高過ぎるか。【メーアウォール】」

アルフさんは避けようとするだけ無駄なので見向きもせず受け、ミードさんは弓で打ち抜き、フェアエレンさんは低空飛行からの、自分の後ろに壁を出して防ぐ……と。私はアルフさんの回復か。

ミードさんの弓も大概あれでは？　まあ……結構ヘイトは変動していますね。争っているのは私とミードさん、フェアエレンさんにクレメンティアさんですかね。

近接の駄犬さんとモヒカンさんは攻撃頻度の問題。張り付き過ぎると【ファイアバースト】されます。レベル的にアメさんとトリンさんは仕方ないでしょう。

スケさんとキューピッドさんは調整してますね？　攻撃されると対処が面倒だからでしょうか。

「おっと……【ロイヤルアンチマジック】」

「2発弾けるのね……」

「このタイミングなら1回のアーツ時間中で捌けますね」

私はスキルによるアシストを減らして効果時間を延ばし、クールタイムを短くするカスタムです。弾く際のアシストが弱いですが、ダイブ式でオートというのも味気ないでしょう。装備の効果もあるので、このカスタムが実に良いですね。

「む、シールド切れそう」

「おっけー。【ハイシールド・火】」

「あ、ブレス来ますね」

口に魔力が集まり、しばらくすると火のエフェクトが現れ、アルフさんに向けて放たれます。

「「【ダークヒール】」」

「属性合わせないと6割ぐらい持っていかれそうですね？」

「腐っても竜のブレスだ。ハハハハ」

「分かってても炎に包まれるのなんとも言えないな……」

「「頑張れタンク！」」

「ハッハ、任せたまえ！　ふぅん！」

隙あらばバッソを振り下ろすアルフさん。鈍い音と共にワイバーンの頭に直撃し、怯(ひる)みモーションが入りました。それを逃さず駄犬さんとモヒカンさん、アメさんが攻撃。空いてる部分に魔法やら矢が当たります。

　ワイバーンからの反撃ランスを弾きます。

「おっと……リザーダインより魔法の使用頻度が高いですね」

「肉弾戦苦手だろうからねー？　魔法寄りステなんでしょー」

「確かにそうですね」

その後特に乱入が来ることもなく、無事に討伐。

《《高等魔法技能》がレベル25になりました》
《《高等魔法技能》の【四重詠唱(クアッドスペル)】が強化されました》

【五重詠唱(ペンタスペル)】になっていますね。

同じ魔法が5つまで同時発動できるようになりました。ワイバーン達が使っている1個下です。

レベル30で6個になるでしょう。

ワイバーンもリザーダインと同じコストだそうで。スケさんに強力な航空戦力の追加ですね。是非頑張ってもらいましょう。

さあ、引き続き狩りますよ。

日暮れが近くなったので撤退します。

「早速今回のお肉をステーキにしましょうか」

「ステーキ！　早く帰ろう！」

「ギャハハハ！　落ち着けぇ駄犬。まだリザーダインの範囲だぜぇ」

進行方向のは倒して、外れているのはスルーして帰路につきます。後は帰ったら料理して3日目終わりかと思ったのですが、そうもいかないようで。

『たいちょー！　そうたいちょーう！　ユニオンに帰還命令を！』

「何事ですか？」

『中央に敵襲だぁ！　クエスト見てくれー！』

無人島生活　3日目
それなりに整ってきた。なんとかなりそうだ。しかし、気になることもある。
1．この森は何かがおかしい？
2．森に入った一部の者が、たまに視線を感じると言う。
3．拠点がピンチだ。島中央にて、東から西へ向かう植物モンスターを撃退せよ。

まじですか。

「総隊長から各隊長へ。クエストを確認してください。寝床のピンチです。できるだけ急ぎ帰還を。爽やかな朝を迎えるためには排除せねばなりません。良いですか市民、7時間睡眠は義務ですよ」

『了解であります！　ウルトラバイオレット様！』

「思ったより知ってる人がいましたね……最初もトラブルシューターと言うべきでしたでしょうか……まあ、帰りましょう」

「さっさとけーるべ」

リザーダインをスルーして真っ直ぐ中央へ帰ってくると、見事に戦場でした。

「お、きたきた」

「お待たせしました」

「敵はプランテラミートチョッパーっていう食虫植物ってか、食人木というか」

「挽(ひ)き肉製造……植物でしょうかね？　随分物騒な」

「とりあえず火に弱い。水と土はダメだな」

生産組のエルツさんと合流し、情報を貰(もら)います。リーナやトモなどは既に前線ですか。

「では我々も前線に行ってきます」

「分かりました」

「ヒャッハー！　汚物は消毒だぁ！」

ミードさんＰＴも前線に突っ込んでいきました。私達も行きますかね。

葉のない枯れ木ですが、中々不気味なうねり方をしており、鞭のように攻撃してくるようですね。数自体はそんな多くない？　しかし1体が結構大きくしぶといと。

スケさんはリザーダインにするようなので、私は一号と二号をアウルにして《火炎魔法》を持たせましょうか。放火させていれば良いでしょう。

「あらターシャ、来たのね」

「調子はどうですかエリー」

「打撃がそこそこ通るようだから、まあまあね」

「打撃はないので、ひたすら魔法ですかね……ではまた後で」

「ええ、また後で」

ドリーさんがめっちゃインファイトしてますね……。まあ、格闘系は打撃なので丁度良いのでしょうけど……。アビーは少し後ろで人形操作に集中しているようで。

私も稼がせてもらいましょう。


……ふむ、もうすぐ終わりそうですね。急だったのでバタバタしましたが、敵自体はそれほどでもないようで。そこらに【ライト】による照明が浮いています。

もうすることもなさそうなので、料理に切り替えますかね……。ステーキ作りましょう。

《料理人》がレベル20になりました。スキルポイントを『1』入手〉
《料理人》の【食材目利き】を取得しました〉

【食材目利き】

食材系の品質を1段階上昇させるパッシブアーツ。《目利き》と重複する。


ほほう……これは良いですね。

あ、しまった。少し焦げた。ワイバーンとリザーダインのお肉は高レベルですから、結構難しいですね……。

「お姉ちゃん肉ー！」

「終わった？」

「うん、終わった」

「侵食とかされてた？」

「今見てるっぽいけど、そんなことはなさそう？」

「ふむぅ……」

焦げたのは自分で食べましょうかね……。

クレメンティアさんが来たので、料理を配りながら話を聞きます。

「特に侵食とか云々(うんぬん)はなかったよー」

「んー……純粋な植物系モンスターですか？」

「そうだと思う」

「さて、東から西というのに何かあるんですかね？　相変わらず《直感》が西の森方面に発動してましたし……」

「なんだろうねー？　北が美味しいから狩りに行きたいのは北なんだけど、森の調査が必要かな」

「そーですね……。明日起きたら考えましょう」

明日でイベント半分ですか。そろそろ何かしらありそうですね。明日のクエスト内容見て考えましょうか。

「プリムラちゃんよー。アトラトルって知ってるかぁー？」

「アトラトルー……？」

「スピアスロアーとか投槍器（なげやり）っていう物さぁ。作れねーかね？」

「んー、調べてみるー」

「ヒヘへ、頼んだぜぇ」

モヒカンさん《投擲（とうてき）》もあるとか言ってましたね。アトラトルですか……確か槍を投げるための棒みたいな物でしたね。ワイバーンとか考えるとあった方が良いのでしょうね。

今日の収穫は魔法の調味料セットの4が手に入り、6も貰えました。後は1、3、5ですね。どうもエリアで出る番号が決まっている予感です。

「そーだ、お姉ちゃん」

「ん？」

「なんかね、有名な女実況者がいるっぽいよ。それがどうも姫って呼ばれてるらしい？」

「姫違い……？」

「二陣ではそこそこ有名らしい？　向こうも姫プレイしてるわけじゃなく、呼ばれてるだけっぽいけどね。姫様って言うとお姉ちゃんで、姫だと向こうになるっぽい感じ」

「様の有無が重要だと？　確かに知らないと分からないか。人によって違うだけだと思うかも」

「お姉ちゃんの場合、種族も立場も王家だから様は必須。まあ、関係あるかは分からないけど」

「まあ、ＭＭＯで姫って言えばイメージは……あれか。そっち系とでも勘違いして来たと？」

「ハハハハ、うちの姫様超武闘派だから」

「『うんうん』」

「……情報収集が疎かだった新人ＰＫに変わりはありませんか。そもそも見た目」

今日一緒したミードさんＰＴに料理を回したら、あとは他の欲しい人達にばらまき、多少情報交換混じりの雑談を済ませて就寝です。

明日のことは明日考えましょう。おやすみなさい。

■公式掲示板5

【無人島には】夏といえばキャンプ　3日目【何を持っていく?】

1. 運営
　ここは第二回公式イベントのサバイバルに関するスレッドです。
　イベントに関する総合雑談スレとしてご使用ください。
　初日はこちら。
　2日目はこちら。

4210. 遭難した冒険者
　清々しい朝だ。感動的だな。

4211. 遭難した冒険者
　だが無意味だ。

4212. 遭難した冒険者
　どうじでぞういう事言うのおおおおお!

4213. 遭難した冒険者

あれ、フリじゃなかった？

4214. 遭難した冒険者

いや、ちょっと期待してた。

4215. 遭難した冒険者

そいつぁ良かった。

4216. 遭難した冒険者

仲いいなおい。

4217. 遭難した冒険者

一陣人外組が続々と進化してますね？

4218. 遭難した冒険者

してるなぁ。アルフさんは進化無かったようだけど。

4219. 遭難した冒険者

姫様はー？

4220. 遭難した冒険者

まだ先らしいぞー。

4221. 遭難した冒険者

そうかー。フェアエレンさんもなんか変わってたな。

4222. 遭難した冒険者

雷のエクレーシーだってな。多分稲妻のエクレールとケットシーとかのシー。

4223. 遭難した冒険者

なるほどな。妖精種といえば、ノッカーの人に会ったぞ。

4224. 遭難した冒険者

ノッカーってっと……鉱山のあれ？

4225. 遭難した冒険者

《採掘》系が一番高いらしい。

4226. 遭難した冒険者

なるほどなぁ。

4227. 遭難した冒険者

見た目は結構かわいい系だった。

4228. 遭難した冒険者

ほー？　確か鉱脈とか落石を教えてくれる良い妖精だったか。

4229. 遭難した冒険者

私生活を見られると出ていく……を、恥ずかしがり屋と取って可愛くしたか？

4230. 遭難した冒険者

まあ、可愛いに越したことはないな。《採掘》系とかマニアックだけど……。

4231. 遭難した冒険者

見た目で釣れるようにってのもあるかもなぁ。

4232. 遭難した冒険者

そういや、リャナンシーも見たぞ！

4233. 遭難した冒険者

えっと……吸血鬼だっけ？

4234. 遭難した冒険者

そりゃラナンシーだな。リャナンシーは詩の才能と美しい歌声をくれる変わりに、精気持ってくれる奴じゃなかったか。

4235. 遭難した冒険者

若く美しい女性の姿をした妖精。リャナンシーの愛を受け入れると、詩の才能と美しい歌声をくれるけど早死にする。

4236. 遭難した冒険者

なにそれ羨ましい。愛してくれて才能と歌声もらえるなら早死になんて些細(ささい)な事……。

4237. 遭難した冒険者

なお、彼女が気に入った男性以外の人間には見えない。

4238. 遭難した冒険者

些細なことさ！　ちなみにこっちだと？

4239. 遭難した冒険者
《吟遊詩人》が高いとなれる。補正があるらしいな。
4240. 遭難した冒険者
やっぱ歌と演奏系か。
4241. 遭難した冒険者
見たのは女性プレイヤーだったけど、男だとどうなるかは知らん。
4242. 遭難した冒険者
馬の人もケンタウロスになってたな。
4243. 遭難した冒険者
あー、なってたね。蜘蛛(くも)の人もアラクネになってたし。
4244. 遭難した冒険者
30レベで人型解放か？
4245. 遭難した冒険者
そう思って良さそう？　ケンタウロスとかアラクネを人型って言って良いのかあれだけど。
4246. 遭難した冒険者
クレメンティアさんもアルラウネになってたな。
4247. 遭難した冒険者
人外種は（見てる分には）楽しいな！

4248. 遭難した冒険者
カッコ内よな……。
4249. 遭難した冒険者
癖ありすぎるからなぁ……。
4250. 遭難した冒険者
さて、今のところ平和な3日目。なにか探しながらレベル上げでも行くかねぇ。
4251. 遭難した冒険者
クエストが露骨に調べろって言ってるからな。
4252. 遭難した冒険者
森と言えば東よ。あれ無理じゃね？
4253. 遭難した冒険者
分かる。何だあの数は。
4254. 遭難した冒険者
それな。ポップ数多すぎてヤバイ。
4255. 遭難した冒険者
数が多いのは昨日分かったから、今日は複数ＰＴで行ってみる予定だ。
4256. 遭難した冒険者
おう、死亡回数あるから無理すんなよ。

4257. 遭難した冒険者
おうよ。とりあえず一陣組連れて行ってくるわ。

8634. 遭難した冒険者
東からただいま。無理過ぎて草。
8635. 遭難した冒険者
トップ組3PTでも押し切れんとか笑う。
8636. 遭難した冒険者
マジで？　じゃあなんかイベント関係か？
8637. 遭難した冒険者
多分そうなんだろう。何かしらキーが必要なんだと思うぞ。
8638. 遭難した冒険者
じゃあ後は北か西かー。
8639. 遭難した冒険者
ワンチャン海……は流石にねぇか。
8640. 遭難した冒険者
行ける人が限られすぎてるから、無いと思いたいところだな。広すぎるし。
8641. 遭難した冒険者

無人島だから外周海だしな。

8642. 遭難した冒険者

クエスト見る限り森だから恐らく西だろうな。北はレベル上げに美味しいけど、他に何かあると言われるとな……。

8643. 遭難した冒険者

山頂は？

8644. 遭難した冒険者

飛行型が見たらしいが何もないと。本格的に探すならもっと人数必要だな。ワイバーン退けないと調査できん。

8645. 遭難した冒険者

あいつはなぁ……。

11205. 遭難した冒険者

ん……？　敵襲だぁ！　中央組急いで戻ってきてくれぇ！

11206. 遭難した冒険者

誰でも良いから分隊長か姫様に知らせろ！

11207. 遭難した冒険者

人数増えるまで防衛優先しろ！　死ぬな！　通すな！　以上！

11208. 遭難した冒険者
寝床が破壊されたら堪らん！

11209. 遭難した冒険者
ウルトラバイオレット様から指示来た。

11210. 遭難した冒険者
ＵＶ様いたんですか？

11211. 遭難した冒険者
>>11210 市民、何か不服ですか？

11212. 遭難した冒険者
>>11211 めめめ、滅相もない！

11213. 遭難した冒険者
次の１１２１０はもっと上手くやってくれるでしょう。

11214. 遭難した冒険者
>>11213 なんか１１２１０体目のクローンみたいだな。

11215. 遭難した冒険者
>>11214 死にすぎワロタ。

11216. 遭難した冒険者
そう言えば、姫様目の色が紫だったな。

11217. 遭難した冒険者
そういやそうだな。
11218. 遭難した冒険者
で、お前達まだ？　割と辛いぞ？
11219. 遭難した冒険者
今向かってる。もう少し耐えてくれ。
11220. 遭難した冒険者
たかしー！　そっちはダメよー！
11221. 遭難した冒険者
久々に来たなたかし。
11222. 遭難した冒険者
たかし……親より先に逝くなんて……。
11223. 遭難した冒険者
死んでる⁉
11224. 遭難した冒険者
勝手に殺さないでお母さん！
11225. 遭難した冒険者
たかしー！　無事だったのねー！

11226. 遭難した冒険者
死んだと思ってたやつが帰ってくるのは王道だよな。

11227. 遭難した冒険者
それな。

11228. 遭難した冒険者
ぞろぞろ来たな。なんとかなりそうだ。

11229. 遭難した冒険者
打撃もしくは火が効くっぽいぞ。水と土はＮＧだ。

11230. 遭難した冒険者
おっけー。

11231. 遭難した冒険者
姫様も来たし、セシルさんも来たな。

11232. 遭難した冒険者
おぉ！　スケさんがリザーダインゾンビ使役してら！

11233. 遭難した冒険者
何というメインタンク。ボコれボコれ！

11234. 遭難した冒険者
おっしゃー！

13520. 遭難した冒険者
ふー……なんとかなったな。
13521. ほねほね
でかいだけで言うほど強くはなかったね？　人数が少ない最初が辛かったー？
13522. 遭難した冒険者
まあ、そうだな。特に厄介な行動もしてこなかったし。
13523. 遭難した冒険者
無事だったから良しとすっべ。飯だ飯！　満腹度がヤバい！
13524. 遭難した冒険者
んだなー。飯食って寝るべ。

08　夏といえばキャンプ　4日目

> 無人島生活　4日目
> この島は何かがおかしい。なんだろうか？
> 1．違和感の原因を突き止めろ。

物凄いシンプルじゃないですかー……。

気になることが確信に変わっていますが、それが何なのかはまだ分かっていない……と。しかしこれではヒントがありませんね。どこをどう調べたものか？

いや、逆ですか。むしろまだ調べてないことは何でしょう？　とりあえず……ふむ。もう少し後、皆が大体起きた頃に提案してみましょう。

プリムラさん提供の丸テーブルで、妹提供東の森産茶葉をいただきましょう。私と妹、エリーとアビーの4人ですね。レティさんとドリーさんがいれてくれます。

「見つけたからとりあえず持ってきたけど……もう少し品質欲しいなー？」

「アッサムです？　ミルクが欲しいです！」

「そうね。こっちのに合わせてブレンド考えないと」

「イベント中は時間が足りませんか……」

「こちらダージリンです」

「流石に普段飲んでるのとは違うわね」

「環境が違うのですから仕方ありません。正確にはどこのを再現したか……でしょうけど」

「流石に栽培からする気にはならないです……」

「……栽培してる住人を買えばいいのではなくて？」

「それです！」

「選択肢としてはありですね。システムが許してくれるでしょうか」

「茶葉はポイントで交換できるかしら？　……できるわね」

……嗜好品(しこうひん)ですから消費ポイントは多くありませんね。余ったら交換しておきましょうか。ブレンドも考えたいですね。どうせエリーやアビーもやるでしょうし。

「あそこだけ空気……世界ちがくね？」

「畑の持ち主ごと買うっていう発想よな……」

「紅茶ガチ勢だわ……」

4日目ともなると大体落ち着き、朝からバタバタせずにすみますね。……シュタイナーさん達農家組は毎日収穫してますけど。そして収穫された物が加工なりされて、《料理》持ちに出荷される。

「おまち！　SAN値直葬だぜ！」

「なんか言い方が引っかかりますね……」

受け取った野菜を昨日取ったお肉と一緒に調理して配布します。大体この辺りになると皆起き出しますね。周囲を見渡して大体が食事中の今のうちに提案しておきましょう。

「ユニオンに参加している皆さんだけで構いませんので、聞いてもらえますか？」

「なにー？」

「クエストの確認はしましたか？」

「もち！」

「つまりさっぱり分からないので発想を変え、マップ情報を共有しておかないかと思いまして」

「なるほど……一旦纏めるのね。そしてここのメンツが行ってない方はほぼノーチェックと……」

「見た感じ大半が一陣の人達なので、行けないのか、行ってないのかというのは重要でしょう？」

「確かに。まあ、あからさまに怪しいのは東の森なんだけどね……。ある程度進んでいくと敵の数が多すぎて進めなくなる。何かあるはず！」

「『うんうん』」

「まあ、マップの共有はしておきましょう。分隊長はユニオンメニューから私へお願いします。私の方で統合された物を分隊長へ返しますので」

「『うぃーす』」

妹が代表で反応してくれたのでそのまま進め、送られてくるイベントマップデータを上書きしていくと、自分の行っていない場所も色がついていきます。

データが来なくなり改めてマップを確認すると……確かに、あからさまですね。

「これは……とりあえず、一斉に送りますね」

「『東半分も行けてねーじゃんか！』」

「えっと……東に行ったことがある分隊長は手を上げてもらえますか？」

「『はーい』」

「セシルさん、どう思います？」

「……メンツ的にまだ行けないってのが正解かな？　見覚えあるから」

「東以外に何かある……んでしょうね」

「西で反応する《直感》が気になるんだけど……」

「そういや、東だと《危険感知》が反応するな」

「『だな』」

西で《直感》、東だと《危険感知》ですか。確実に何かあるのは東ですが……多分イベントのキーを拾えてないので、まだ行けないのでしょう。

東が現状無理だとすると、《直感》が反応する西に行くしかないでしょう。北では特に何もありませんでした。ただ敵が強くて経験値が美味しいだけです。この経験値に釣られず、経験値の少ない西を調査しろってことなんでしょうね……。

「そう言えば姫様、地味に気になってるんだけどさ」

検証班の一人である調べスキーさんが話し始めます。

「この島ってＡＩ特殊だよね？」

「そうですね。メインの向こうとは違う気がします」

「それでさ、島として見ると明らかに変だよね？」

「島としてみると？」

「こう言えば分かるかな？　生態系……食物連鎖。もしくは食物網」

確かに食物連鎖がありますね。ラプターがボアを、リザーダインがラプターを食べてるところも見ましたし。

「なんか変か？　ゲームとしては珍しいと思わなくもないが……」

「なくもないよね？」

ゲームとしては珍しい分類に入りますが、全くないかと言われると……あるものにはありますよね。そのゲームのメインとなる敵だけだったりしますけど。

あ、いや……そうじゃない？　システム云々はどうでもよく……そこではなくて……えっと、出てくる敵のリストは……。

「お、姫様は気づいたかな？」

「東だけ生態系がおかしい……？」

「そうそう。そうだよね？」

「『あっ？　あーっ！　確かに！』」

「ここ数日歩き回って、掲示板とかでもチェックしてたんだよ。そろそろ言おうかと思ってたから丁度良かった。姫様、これ配ってくれる？」

調べスキーさんから送られてきたのはまさに食物網でした。流石に微生物などは省かれていますが、捕食対象が纏められていますね。

西の森はラビットがスパイダーに食われ、ラットとスパイダーはアウルに食われ、ボアはベアに食われる。ラビットは草食、ラットが草食かつ腐食、ボアも草食。

北だとスパイダーとボアをラプターが食べ、ラプターはトータスとリザーダインに食われ、アウルとベアをワイバーンが食べる。リザーダインとトータスは雑食で、海藻なども食べる。

この様に北と西で食物連鎖が動いてるけど、東は植物系しか確認されていない。

まだメモがありますね。ラプターやワイバーン、リザーダインなど、北の敵は東には近づかない？　西の森の敵も西の森から出て追っては来ない。

つまり二陣はタゲが来たら西の森から出る。または東に逃げ込むことが可能だが、東の森も強いので大差ない。飛行のワイバーンよりはマシ？

北の敵は大体肉食なので餌がないのですから、近づかないのは分かりますが……タゲが来たら東に逃げれば追ってこない？

「これを見る限り、生態系頂点はワイバーンとリザーダインの2強ですよね？」

「うん、今のところ分かってるのはね」

「なぜ東に追ってこないので……まさか……シードコッケ……？」

「やっぱそこに行き着くよね？」

「……これから毎日森を焼こうぜ？」

「気持ちはとても分かる」

「『説明はよ』」

ろくなもんじゃないですよね？　東の森。

「少しは考えろー？　そんな難しくないぞぉ？」

「『めんどい！』」

「あーっ！　なるほど、確かに東の森はファイアーするのが正解でござるか？　む？　東の森で発生する《危険感知》ってガチやべー奴ではござらんか？」

ガチヤバい奴でしょうね。多分シードコッケの仲間入りするのでは？

西の森の生物達が森から出ないのはまあ分かります。基本的に彼らは食われる側なので、わざわざ死ぬ確率が跳ね上がる森の外になんて出ないでしょう。

問題は生態系2強であるワイバーンとリザーダインが、わざわざ獲物を見逃してまで近づかない東の森。肉食のワイバーンはともかく、リザーダインは植物も食べます。海藻だけならまあ……？

東の森にはシードコッケという、植物に寄生侵食されてたヤバい状態な奴がいました。もしそれをワイバーンやリザーダインが知っているとしたら？　声帯があれで会話できないだけで、頭が悪いわけではありませんからね……。

「『……なるほど』」

「侵食されたくないから東には近づかない……と、考えるのが妥当では？　誰だって寄生侵食とかごめんでしょう」

「ヒヒヒ、明らかにコッケちゃんイッてたもんなぁ！」

「『完全に目が死んでたもんな』」

「んで、謎なのが西の《直感》ね」

「ですね。それが分かりません。東の森は恐らく最後でしょう。情報不足で行くと最悪キャラロストするので、西の《直感》調べたいですね。目星と聞き耳持ちに頼みましょうか？」

「『これそういうゲームじゃねぇから！』」

「若干ホラー入れるのやめよう？」

「まあ、東に行った人達が未だ無事なので、大丈夫だとは思うのですが……」

「『……ボディチェック！』」

「『なんか変なの付いてない⁉』」

皆さん楽しそうですね。でも割とマジでチェックしといてくださいね。突然のＰｖＰ発生ありえますから。

「なあ……なんか南の空やばくねぇ？」

「『あん？』」

「ちょお前らクエスト見ろ！」

無人島生活　4日目
この島は何かがおかしい。なんだろうか？
1．違和感の原因を突き止めろ。
2．南の空がおかしい。嵐が来るかもしれない。

「そう来ましたかー……この発想はなかったですねー……」

「自然相手にどうしろって？」

「とりあえず掲示板で広めて……海岸沿いと川沿いの人達は避難ですかね……」

「嵐ってどのぐらいの規模だ？　だいぶ対処法が変わるが？」

「『イベントで来る嵐が低規模だと思うのか？』」

「『……それはないな。楽しくない』」

「となると……何もなさすぎるここは逆にあれでしょうか？　逃げるなら西の森ですね……」

バタバタと拠点の撤去が始まりました。《建築》組が作った馬小屋的な簡易拠点は放置せざるを得ませんが……。

私はベッドやらをしまうだけですね。他の人達もテントやらをしまいます。

「めっちゃ雷見えるし、雨やばくて草」

「既に音と風がやばくて草」

「「レボリューションごっこしなきゃ！」」

「ゲーム内なのでやめろとは言いませんが、リアルでしてはダメですよ」

「「はーい！」」

「『お母さん？』」

「『お姉ちゃんかもしれんぞ』」

「『保母さんの可能性も』」

　普通にお姉ちゃんでお願いします。

「お姉ちゃん！　今のうちに避雷針を立てよう！」

「なるほど、それは良いですねリーナ。雷が避けてくれるはずです」

「なんたって避雷針だからね！」

「「なにそれ凄い！」」

「『ぶはっ』」

「「？？？」」

　アメさん、トリンさん。物凄いキラキラした目で見ないでください。リーナも目が泳いでるではないですか。周りにウケたのは良いけど、これはいけません。そしてエリー達には通じていません。これは漢字のネタですからね。英語ではライトニングロッド。

「このネタはやめましょうリーナ。子供が変な覚え方をしてしまいます」

「そ、そうだね。こんな純粋な目が来るとは思わなかった……」

「2人共、お勉強のお時間です」

避雷針の漢字を利用したネタであることと、更に本来の避雷針の説明をしておきます。

「地面は爆発しないの？」

「地中にも銅板やら何やら用意する必要があるそうですが、私も詳しくは知らないんですよね。避雷針にも複数種類あるようですし」

「なるほど！」

『なるほど！』

『おいちょっと待て、誰だ知らなかった奴!?』

「ネタの解説とか地獄だな！　……まあ、子供が間違った知識覚えるよりはマシか」

私もできればしたくありませんが、これぱっかりは仕方ありません。

「レボリューションごっこやめる！」

「2人は今霊体系でしょう。かなり軽減されるかそもそも無効では？」

「おー……確かに！」

そもそも雷どころか雨や風も怪しいのでは……？　まあ、避雷針に関してはこれで良いでしょう。嵐に関しては正直、各自でなんとかするしかないでしょうね。木の下に避難するのはありですが、どの木に落ちてくるか分からない森は無理では？　木の真下は確か意味ありませんでしたよね。

「……アルフさん、どうでしょう。バッソを掲げて仁王立ちというのは」

「俺に避雷針になれとな!?」

「確かに、全身鎧なアルフなら適任！　どのぐらい通すのか知らんけど」

「鎧は謎素材だからな……。不死者だし選択肢にはなりそうだけど……武器の耐久が心配だなぁ」

「確かにへし折れそうですね。いや、アルフさんよりフェアエレンさんの方が良さそうですね？」

「そう言えば今は雷か」

「ってかさ、あの嵐来るの早くねー？」

「過ぎるのも早いと思えば良いんじゃないか？」

「まあ、確かに？」

実際かなり早く、昼前には来ますね……あれ。正直時間がありません。

えっと……何もない場所での雷雨に遭遇した場合の対処法は……。


雷は高い場所へ落ちる……そうですね。

家の中は絶対安全ではない……家がない。

林や森の中も危険……やっぱダメですか。

車の中……車もない。

海、山は要注意……ですよね。


逃げる場所がない時は、前かがみで膝を抱えて……爆風から鼓膜を守るため耳を塞いでじっとしている……ですか。地面に寝るのは近くに落雷した場合の沿面放電により死ぬ場合があるためＮＧ

と。

　今の状況的に森手前で外周にある木の保護範囲に入って座っているのがベストでしょうか？　傘はもはや諦めろとのことですが、【遮光機構(アンソール)】ならへい……？

「あれ、このドレス金属製では？」

「ウェルカム」

「僕だけ残るかなー？」

　両腕広げながらウェルカム言わないでくださいアルフさん。一緒に逝きませんよ。冥府で待っててください。

「そもそも血流がなく、心臓も動いてない我々に効果あるんですかね？」

「さあ？　ダメージぐらいはあると思うけど、死にはしないと思うんだけど」

「お姉ちゃんずるい！」

「ゾンビに転生する？」

「やだ！」

「お姉ちゃんは悲しい」

「俺がバッソ掲げて、避難してる人達の周り走り回れば面白くない？」

「『や、やめろぉ！』」

　雷に撃たれながら周囲に放電していくスタイルですか……傍迷惑ですね。きっと高笑いもセットでしょう。そのうち《光魔法》が飛んでくるはずです。

ぞろぞろと西側へ移動します。嵐が迫っていますからね。

移動の最中に風もだいぶ強くなり、もうすぐ雨も来そうですね。

「うん……？　雷の音の中になんか混じってません？」

「あ、やっぱりー？」

「天然物じゃないんかね」

声というか……咆哮（ほうこう）というか……。ゴロゴロしてる中に何か聞こえますね。さっぱり分かりませんけど。

【遮光機構】を使用して雨風を防ぎながら西へ。他の女性プレイヤーがスカートに苦戦していますが、私は実に平和です。最近全然出番がありませんでしたが、便利ですね。

「掲示板によると魔物達も姿を隠してるようだね？」

「全然いないっぽいねー？」

「ということは、この嵐が今日のメインイベントですか」

「1日潰すぐらい続くのは辛いぞー？」

「嵐後の復旧作業も入ってるんじゃないかね」

「ああ、なるほど。それなら1日潰れるかなー」

「つまりそれだけ荒れると？」

「……さらば馬小屋」

「結構なスピードで組み立てられてたけどねー」

まあ、どのぐらい被害が出るかは見てみないと分からないので良いとして。

このフィールドだけ魔法で地面が抉(えぐ)れたりするのは、もしかして自然災害用ですか？　要するに地形、建造物破壊系のエンジンを追加したわけですよね。『誰が、何がしたか』で自動修復時間を変えればいいですし、設定しなければずっとそのままですから……プレイヤーが復旧作業する必要があると。

なんかテストを兼ねてるような気がしなくもないですが……物理演算系のバグは面白いのが多いですから、良しとしましょう。大体荒ぶりながら吹っ飛んでいくんですけどね……。

すっかり辺りが暗くなり、ポツポツ雨が来たと思ったらすぐに土砂降りに変わります。もはや滝みたいですね……。しかも強風もセットなので横殴りです。

スケさんと話した結果、これは無理だと下僕達は送還しておきます。これはダメですね。

「『ギャー！』」

「『ば……ば……バカじゃないか!?』」

「『やり過ぎだ運営ー！』」

「『どっかに摑(つか)まらねーとヤバいぞ！』」

「『逆向かないと息できねー！』」

「『一気に来たー！』」

大変そうですね……【遮光機構】が優秀で何よりです。影になっているところで雨が弾かれているのが見えます。風も多少強くなりましたが、髪が乱れない程度なので問題はありません。ステルーラ様関係の装備らしいので、恐らく《空間魔法》系の何かなのでしょう。

「ヒャハハハ！　土砂降りだぜぇー！」

「だぜー！」

アメさんとトリンさんに混じって遊んでる、モヒカンさんは見なかったことにしましょうか……。

「『雷がうるせー！』」

「『雨もうるせー！』」

「『風だってうるせー！』」

「『全部うるせー！』」

むぅ……このレベルは雨風が貫通しますか。髪が靡くし、濡れますね。この程度で済んでるだけマシですけども。

「そうだ【マテリアルバリア】で防げんじゃね!?」

「『確かに！』」

前方に張る物理結界でしたか。確か《魔法触媒》のアーツでしたね。……いや、それダメでは？

「『待てやめろバカ！』」

「うわあああああ！」

「『だろうな！』」

ですよね。雨はともかく、問題は風です。面積が増えて一瞬で吹っ飛びましたね。ＭＰも一瞬でなくなったはずです。

あれ、着地で死ぬのでは？　お、瀕死ですが残りましたね？　死な安死な安。

「『あっ……』」

「『ヒェェェー……』」

生き残ったと思いましたが、立った瞬間雷に貫かれ南無三。ばらまいてはなさそうなので、１回目の死亡ですかね。後がなくなった。

全員風が来る方に背を向け、しゃがみます。中々シュールな光景ですね。割と命懸けですが。

「これもう、既に拠点死んでない？」

「馬小屋は間違いなくないだろうなー」

「畑も田んぼになってそうですね。やあシュタイナー！　立派な田んぼだね！　何作るんだい？」

「言ってやるなよ……おっちゃん泣くで……」

「流石に言いませんが、このまま行くと田んぼどころではなさそうですよね」

「あー……ね……」

ピカゴロ見聞きしながら、背中に大量の雨風をただ受け続けます。サバイバル生活最大の敵に自然災害持ってくるのは流石に卑怯では？

「む、姫様クエスト」

「更新されたんですか？」

無人島生活　4日目
この島は何かがおかしい。なんだろうか？
1．違和感の原因を突き止めろ。
2．南の空がおかしい。嵐が来るかもしれない。
3．雷嵐竜の飛来！　嵐から生き残れ！

「らいらんりゅう……で良いんでしょうかね？」

「多分ねー」

「まさかの竜のせいですか」

「中心に竜がいる系だろうなー……だから来るのが早いんだろう……」

「なるほど、納得ですね」

「別に倒してしまっても構わんのだろう？」

「おう、早くしてくれ」

「MPが足りないようだ。運が良かったなー！」

「そもそも姿すら見えんのだが……」

竜が来るにつれもっと荒れるんでしょうね。これ以上されると掴まるのないと辛そうですが？

木も細い枝が折れ始めましたし。

音が聞こえるレベルの強風は台風ぐらいでないとそう聞きませんよね。あー、ピカゴロの頻度が上がってきましたね……。

原因が竜である以上自然と言って良いのか謎ですが、災害には違いないですね。鞘(さや)は傘のようにしたまま、レイピアを抜き地面にグリグリしておきましょう。壊れないので気兼ねなく摑まれます。

流石にモヒカンさんも遊ぶのはやめましたか。ここまで来るとそれどころじゃありませんよね……。双子はまだ楽しそうですけど。良いですね、霊体……。

ただただ過ぎるのを待ちます。ゲーム内でも自然の驚威には無力である……。

もうすぐお昼になりますね。食事なんてできる状態ではありませんけど。

絶賛暴風と共に雨と濁流、更に落雷という絶望的な孤島ですよ。こんなところに川はなかったはずですけどねぇ？

「見てみなよ皆！　川があるよ？　お昼は焼き魚だね！」

「『川になってるけど川じゃねぇんだよなぁ！』」

「まあ、あんな泥だらけだと美味しくなさそうですが……」

「『余裕だなあんた⁉』」

「ハハハハ、ご冗談を。……ちょっと、やめてくださいスケさん」

「僕軽いのおおおおお」

「空の旅はお1人でしてくださいよ」

「そんなつれないこと言わずに！」

「というかなんで私に摑まるんですか、アルフさんの方が重いでしょう」

「姫様が一番余裕あるじゃん！」

「それはそうですが、2人支えるほど筋力ないんですよ！」

「ぐぬぬぬぬ！　あっ……ぬああああ」

私の二の腕に摑まっていたスケさんがツルンと、ゴロゴロ後転していきました。

「ふんぬー！　諦めんぞおおおおお！」

「ちょ、這ってこないでください。成仏するべきです」

「なんでや！」

「いや、マジでホラーだぞ」

薄暗い雷の鳴る大嵐の中、泥だらけになりながら這ってくる骨ですからね？　これは動画撮っておきましょう。夏のホラー特集に応募するべきですね。

「なんで撮ってるし！」

「後で見せてあげますよ。思ったよりホラーですから」

「うおおおお……許さん……許さんぞぉ……」

「ノリノリか！」

「割と必死なんだけどー？」

「その必死さがよりホラーです。これ見た人は間違いなく違う想像するでしょう」

「愚かな人間めぇ……後悔させてやるぞ……ひゃひゃひゃひゃひゃ！」

「そのぐらいの余裕はあるのな？」

「喋(しゃべ)るぐらいならなー！」

ズリズリと私の方へ来て、そのまま少し進みアルフさんのところへ。無事合流したので録画終わりにしましょう。

どうも雷は種族によって効果が多少違うようで、人類だと現在のＨＰの半分を強制で持っていくようです。双子のアメさんとトリンさんが当たってますが、１割ぐらいですね。我々はかなり余裕があるのでしょう。とは言え、死ぬところは最初に見ているので、ＨＰ１で残るということはなさそうです。

そして中央にいるであろう竜が動くので、微妙に風向きが変わっていくんですよ。風の位置的に丁度島中央ぐらいですかね。さっさと飛んでいって欲し……なんで降りてきたんです？

雷嵐竜(エクレールテンペスタドラゴン)　Ｌｖ62
属性：？　弱点：？　耐性：？
属：竜　科：風竜
状態：正常

情報はさっぱりと。私のベースレベルが足りないのか、それとも知識か……。

まあ、サイズが段違いですが……ワイバーンのような飛竜ですね？　全体的に白く、スリムで前足が翼のタイプですか。まさにドラゴンですね！　実にかっこいい。

ただし、この落雷はちょっといただけませんね……。

「『ちょ、やめろください。落雷ヤバいって！』」

「『ギャー！　シヌゥー！』」

降りてきた竜を中心に雨のように落雷が……。

私達は【フォーストゥコンバート】をかけたアルフさんを盾にしています。その様子を見た周囲の人達も、立ってるアルフさんから少し離れつつ周囲に集まりしゃがみます。

「完全に避雷針な件について」

「『助かります！』」

「お、おう……良いけども」

肝心の雷嵐竜はというと……お食事中ですねー。ワイバーンとリザーダインを捕食中ですよ。食事に来たんですかね？

ワイバーンは逃げようにも雷嵐竜の方が飛行速度が速くて詰んでますし、リザーダインも体格やパワー全てにおいて負けてるので詰んでます。属性相性も良くないようで、完全に食われる側ですね。逆に私達やタートルなどには見向きもしない。食事にならないからでしょうね……。

北側にいた人達からの実況ですが、中々悲惨なようです。頑張って生き残ってください。

掲示板によると川が氾濫して近づくことが不可能。海岸沿いも波がやばくて近づけない。北は雷嵐竜本体がいて地獄絵図。森は比較的マシだけど、木に雷が落ちてダメージを貰うことがあると。

「安全地帯がありませんね……」

「まあ、無人島だからねー……」

「『《聖魔法》が育つぜー！』」

「『ＭＰポーションくれ！　ＭＰなくなる！』」

きっと他でもこんな状態なんでしょうね……。

どうやら安全地帯は西の大木のところだったようですよ？　落雷がなにかに弾かれているようで、雨風もかなり抑えられてるとか。しかし、川が氾濫しているので私達は合流できません。氾濫前に行くしかなかったようですね。

「大木に攻撃でもしとけば分かったんだろうけど！」

「そんなイカれた行動しねぇよ！」

「雷鳴ってんのにあえて大木を安全地帯にするとか運営汚い！」

「さすがファンタジーだぜ！　常識が通じねぇ！」

「『これはこれで面白いからなんとも言えねぇ！』」

「これはこれで防御系のスキルが育つから悪くないか？　《魔法耐性》上がるな」

「む、私も《魔法耐性》育てたいですね……」

「ＨＰとかＭＰの問題もあるし、交代でやるかい？」

「そうしましょう」

回復ついでにアルフさんと交代しまして、避雷針になります。《魔法耐性》全然上げる機会がなかったんですよ。

ついでに《直感》と《危険感知》を駆使して、雷を弾けないかもチャレンジです。

フェアエレンさんもクレメンティアさんも、比較的余裕そうですね。問題があるとすれば、クレメンティアさんの自動回復能力が機能してないことでしょうか？　太陽が隠れてしまってますからね。

サラマンダーの人が大変そうですね……。人外系は種によってかなり違うので、楽か楽じゃないか分かれますね。そう言う意味では不死者はかなり楽ですか。普段から太陽に焼かれるとは言え、《HP自動回復》系が育てば大体無視できますから。

強いと思うんですけどね、不死者。やはり見た目か。見た目のウケが悪いですか。人っぽい見た目は高位不死者が云々とメーガンお婆ちゃんが言ってたので、普通なら先は長そうですからね……。

「ふむ……慣れてくると雷も案外弾けますね……」

「お姉ちゃんが順調にジェダイに……」

「『やめて！』」

「上のみというのが辛いですね。横に弾いてもいいですか？」

「ですよね」

横に弾いたら当然周囲の人に当たるわけで。

アルフさんと交代する事何回か。ついに雷嵐竜が飛び立っていきました。それに伴い嵐も去っていき、嘘（うそ）のような晴天です。


〈種族レベルが上がりました〉


「なんかレベルが上がりましたが、傍迷惑な食事でしたね……【洗浄（クリーン）】」

「『生き残れ』なクエスト達成したから、経験値貰ったっぽいね……」

「まあ……拠点の様子を見に行きましょうか……」

嵐でそこらが酷い状態で、時間で戻ると良いのですが……戻らない気がしますね。とりあえず拠点の確認です。


……見事な沼地ですね。さて、どうしましょうかこれ。馬小屋的な物もないし、畑も当然ないですね。ここにあったんだな……という痕跡ぐらいはありますが……。

「Ｏｈ……ｓｈｉｔ！　と言いたいところですが、予想通りすぎてなんとも言えませんね」

「俺達の畑がー！」

「やあシュタイナー！　立派な沼地だね！　レンコンでも作るのかい？」

「ドラッシャー！」

「おっふぅ……」

「バカだろお前……」

まさかスケさんが言うとは。しかもより酷い。案の定ぶん殴られるという。

今日は復旧作業で1日潰れそうですね……。島の調査もしたいですが、どうしましょうか。

「スケさん、ワイバーンに乗って島の確認頼めますか？」

「あー、あれに乗るのも確かにありか。馬は辛そうだし見てこようかねー」

ディナイト帝国でワイバーンの竜騎士隊云々書いてあったので、大丈夫でしょう。

「北のポップ数が減ってそうな気がするんですよね……」

「食われたからねぇ……」

「北でレベル上げに励んでないで、イベント進めようね……的なあれでは？」

「気兼ねなく行けるように的な？」

「ですね。ありがたいと言えばありがたいですけども……」

「南から西回って北行って、東経由して中央に帰ってくればトレインの心配もないかー？　そうしよ」

調査はスケさんに任せましょう。ついでに拠点を移せそうな場所も探してきてください。

それよりも拠点をどうするか。【火種（バーン）】ではなく【加熱（ヒート）】ですかね？　これで水気を飛ばせるなら継続して使えるのですが……。【エクスプロージョン】なんかやったら飛び散りますし、デコボコになりますよね。やはり【加熱】ですか。試しましょう。

「【加熱】」

「お姉ちゃん効果ありそう？」

「そこそこMP使うけど、できなくもない……というレベルかな」

「正直移動したいけど、そんな場所もないか」

「一応スケさんに頼んだけど、あの嵐だしないだろうね……」

「だよねぇ……」

少しするとスケさんから連絡が入りました。

『西の大木周りが使えなくもなさそうだけど、川がまだ無理だねー』

「移動が不可能ではダメですね……。スケさんのピストン輸送も数的に面倒ですし、中央を整えるしかありませんか……」

『何だかんだで一番マシな被害状況かもしれない。北見てくるわー』

後は北次第ですが、【加熱】で乾かし始めましょうか。時間的余裕はそんなありませんからね。

昼食は朝に用意してあるので、寝床の確保と畑の復活が最優先ですか。

「西が川のせいでダメで、東という選択肢はそもそもない。北は雷嵐竜本体がいたせいで望み薄だし、全滅はさせてないだろうから……どの道選択肢としてはないか」

「シュタイナーさん、畑の復活が最優先です。ある程度はそちらの手伝いに回しましょう。夕食がお肉だけで良い人は寝床のスペースを確保ですかね」

「『おう！』」

「魔法の使えない脳筋の皆さんは、乾いたところを平らにしてください」

「『おうよ！』」

「では昼食後に始めましょう。食事の不要な種族は今から開始です」

　私はまず自分のベッド用を確保しましょうかね。


　昼食を食べ終えた人からぞろぞろと行動を開始。ＭＰポーションを飲んだり、休んだりしながら黙々と作業を進めます。

　スケさんが確認から戻ったので、一陣組を集めて報告を聞きます。

「ただいまー」

「どうでしたか？」

「０じゃなかったけど、激減してたね。あれじゃ効率悪そう。北は土砂崩れというか、岩雪崩というか、そんな状態だったから足場もねー」

「狩りにはあれだが、採掘にはむしろ良いか？」

「ああ、それはある。狩りは精々一桁ＰＴかなー」

「美味しかったけど仕方ないか。本格的にイベント進めた方が美味しそうだね」

「拠点としてもここを整えるのが良さそう。雨と風で凹凸がより酷くなってる」

「今日は復旧作業ですか。どの道、川も落ち着かないと西の調査が捗らないでしょうし、本格的に動くのは明日からですね……。では、継続で」

「『あいよ』」

初日より悪化するとは、中々運営も鬼畜ですね。

しかし4日目でこうなった以上、東のイベントは明日からでも間に合うと判断するべきですか。

むしろ明日からの4日間が本番ですかね……？

《高等魔法技能》が上がるので、悪くはないんですけど……このスキル放っといても上がるんですよ。むしろMPを使うことによる《MP超回復》などの強化が嬉しいところでしょうか。

さあ、午後丸々使って復旧しましょう。

■公式掲示板６

【無人島には】夏といえばキャンプ　４日目【何を持っていく？】

1. 運営
　ここは第二回公式イベントのサバイバルに関するスレッドです。
　イベントに関する総合雑談スレとしてご使用ください。
　初日はこちら。
　２日目はこちら。
　３日目はこちら。

3521. 遭難した冒険者
　姫様達がお茶会してる。マジ姫様。

3522. 遭難した冒険者
　そういや、東に茶葉があるんだってな。

3523. 遭難した冒険者

加工済みで採れるらしいぞ。
3524. 遭難した冒険者
マジゲーム。
3525. 遭難した冒険者
ゲームだからな。
3526. 遭難した冒険者
さて、お茶会を眺めつつもどうするか考えねばならん。
3527. 遭難した冒険者
眺める必要ある？　ねぇ？
3528. 遭難した冒険者
美少女達のお茶会を眺めるのに理由がいるか？
3529. 遭難した冒険者
理由など不要だな。
3530. 遭難した冒険者
姫様はアシストがあるって言ってたな。妹ちゃんはいつも通りで見てて落ち着くとして、あの2人やたら様になってるな……。
3531. 遭難した冒険者
他の2人もメイドさんかなんか？　少なくとも素人じゃないよね？

3532. 遭難した冒険者
いや、そっち考えんじゃねぇよ。イベントだイベント。今日どうするか考えろ。

3533. 遭難した冒険者
えー？　美女達の方が重要では？

3534. 遭難した冒険者
どっちも重要なの！　だから見つつイベントを考えるんだよ！

3535. 遭難した冒険者
仕方あるまい。可愛いは正義過ぎて思考がそっちに持ってかれる。

3536. 遭難した冒険者
頑張って抗え。

3537. 遭難した冒険者
無理だ！

3538. 遭難した冒険者
てめぇ！

5312. 遭難した冒険者
ふぅむ……見事に東に行けてないな……。

5313. 遭難した冒険者

何かしらのキーがある確定じゃね？
5314. 遭難した冒険者
だなぁ。
5315. 遭難した冒険者
やっぱ西かぁ。
5316. 遭難した冒険者
さすが検証班。島の生態系調べてるとか変態だな！
5317. 遭難した冒険者
マジで調べて回ってたのか。さすがに草。
5318. 調べスキー
もっと褒めてくれても良いのよ？
5319. 遭難した冒険者
さすが変態だぜ！
5320. 遭難した冒険者
ご苦労変態。
5321. 調べスキー
どういたしまして！
5322. 遭難した冒険者

つよい。

5323. 遭難した冒険者

鋼の心。

7563. 遭難した冒険者

なあ、南の空やばくね？

7564. 遭難した冒険者

嵐ですなぁ……。

7565. 遭難した冒険者

くわばらくわばら。

7566. 遭難した冒険者

いや、クエスト見てみ？　来るで？

7567. 遭難した冒険者

ザッケンナコラー！

7568. 遭難した冒険者

スッゾコラー！

7569. 遭難した冒険者

いやちょっと待て、割とマジでどうしろと？

7570. 遭難した冒険者
　サバイバル中に自然災害持ってくるのは卑怯では？

7571. 遭難した冒険者
　さすが運営。鬼畜の所業。

7572. 運営
　イベント担当者とそれを通した山本さんに言ってください。

7573. 遭難した冒険者
　やまもとおおおおお！

7574. 遭難した冒険者
　やまもとぉ！

7575. えらいひと
　はっは、是非楽しんでくれ。リアルじゃ危なくて体験できないでしょう？

7576. 遭難した冒険者
　本人出てきて草。

7577. 遭難した冒険者
　フットワーク軽すぎんよ。

7578. 遭難した冒険者
　まあ、さっさと対策しないとな……。

7579. 遭難した冒険者

海岸にいるやつ真っ先に避難しろよー。確実に死ぬぞ。

7580. 遭難した冒険者

んだな。後は山もヤバそう。

7581. 遭難した冒険者

テントとかしまわんとな。

7582. 遭難した冒険者

問題はどこに避難するかだが……。

7583. 遭難した冒険者

なるようにしかならん！

7584. 遭難した冒険者

まぁな！　何もねぇからな！

13682. 遭難した冒険者

マジ運営鬼畜過ぎて草。

13683. 遭難した冒険者

前が見えねぇよう……。

13684. 遭難した冒険者

風やべぇし、雨やべぇし、雷もやべぇ。

13685. 遭難した冒険者

つまり全部やべぇ。

13686. 遭難した冒険者

音がとかそんなちゃちな物じゃねぇ……全て物理的にやべぇ。

13687. 遭難した冒険者

あぶねぇ!

13688. 遭難した冒険者

待ってくれ、落雷ダメージがエグすぎる。

13689. 遭難した冒険者

半分持ってかれたんですけどぉ!?

13690. 遭難した冒険者

安心しろ、その次もその半分だ。

13691. 遭難した冒険者

2発じゃねぇんだな?

13692. 遭難した冒険者

ギミックの特殊判定だろうな。

13693. 遭難した冒険者

種族によって違うくせぇぞ。

13694. 遭難した冒険者

無駄に凝りやがって！

13695. 遭難した冒険者

メディーック！　メディーック！　俺がやられた！

13696. 遭難した冒険者

俺がやられたは草。

13697. 遭難した冒険者

自己申告制とかブラック部隊だな。

13698. 遭難した冒険者

地面掘るか！

13699. 遭難した冒険者

ダメだ！　速攻で水没した！

13700. 遭難した冒険者

畜生雨め！

13701. 遭難した冒険者

森はどうだ⁉

13702. 遭難した冒険者

多少風と雨がマシになるだけで無意味だ！
13703. 遭難した冒険者
森の外周だ！　外周にいけ！
13704. 遭難した冒険者
外周に行ってどうする⁉
13705. 遭難した冒険者
外周の木から４メートルぐらい離れてしゃがんでろ！　中央組はそうしてる！
13706. 遭難した冒険者
４メートルってどのぐらいだ⁉
13707. 遭難した冒険者
４メートルは４メートルだ！
13708. 遭難した冒険者
俺の目は距離が分からんぞ⁉　何歩だ⁉
13709. 遭難した冒険者
知るかぁ！　勘でいけ！
13710. 遭難した冒険者
勘に命懸けろと⁉
13711. 遭難した冒険者

最初から雷が落ちてくるかは運ゲーだぁ！
13712. 遭難した冒険者
ちくしょー！
13713. 遭難した冒険者
ちょっと川の様子を見てくるぜ！
13714. 遭難した冒険者
お決まりだけど馬鹿かぁ⁉
13715. シュタイナー
どうせなら中央の畑の様子見てきてくれ。
13716. 遭難した冒険者
割と切実。

15721. 遭難した冒険者
ＭＰポーションが無くなるぞぉ！
15722. 遭難した冒険者
レッドで食らうと死ぬ！　回復はオレンジで止めて節約しろ！
15723. 遭難した冒険者
まじか分かった！

15724. 遭難した冒険者
不死者がいるなら盾になってもらえ！　周囲が【ダークヒール】で回復だ！
15725. 遭難した冒険者
妖精雷のエクレーシーがいると良いんだが、不死者の方がまだ多い！　次点で植物系だが、クレメンティアさん以外に聞かねぇ！
15726. 遭難した冒険者
【アースウォール】か【ヴェントウォール】を使え！　横からのは防げる！　上からのは甘んじて受けろ！
15727. 遭難した冒険者
運営鬼畜すぎワロタ。
15728. 遭難した冒険者
川が氾濫してるぞー！　近づくなー！
15729. 遭難した冒険者
最初から選択肢にねぇよ！
15730. 遭難した冒険者
海も波やばくて笑う。
15731. 遭難した冒険者
容易に想像できる。

15732. 遭難した冒険者
　頻繁に海に雷落ちて水柱上がってるしな。

16392. 遭難した冒険者
　ドラゴンだー！
16393. 遭難した冒険者
　悪化してんぞザケンナー！
16394. 遭難した冒険者
　てめぇのせいかクソドラぁ！
16395. 遭難した冒険者
　らんらんるー！
16396. 遭難した冒険者
　噛(か)んでんぞ！
16397. 遭難した冒険者
　レベ62か。殺るのは無理だな……。
16398. 遭難した冒険者
　メディーック！
16399. 遭難した冒険者

うるせぇ！　自分で直せぇ！

16400. 遭難した冒険者

職務放棄かぁ⁉

16401. 遭難した冒険者

ＭＰねーんだよぉ！

16402. 遭難した冒険者

おら！　これ使え！

16403. 遭難した冒険者

ヒャハハハ！　新しい薬だぁ！　これでまだ凌（しの）げるぅ！

16404. 遭難した冒険者

おいやべぇぞこいつ。

16405. 遭難した冒険者

どうしてこうなるまで放って置いたんだ！

16406. 遭難した冒険者

し、仕方ねぇだろ！　皆で生きるためだぁ！

16407. 遭難した冒険者

だからって薬漬けにして良いってのかよぉ！　それでも人間かぁ！

16408. 遭難した冒険者

じゃあお前がなんとかしろぉ！
16409. 遭難した冒険者
あ、無理です。頑張れよ！
16410. 遭難した冒険者
手のひらクルーはえーよ！
16411. 遭難した冒険者
《聖魔法》ねぇもん俺！
16412. 遭難した冒険者
じゃあしょうがねぇな。
16413. 遭難した冒険者
もっと薬持って来いよぉ！　まだ持ってんだろぉ？　《聖魔法》の経験値が美味い。
16414. 遭難した冒険者
突然冷静になるなよ。
16415. 遭難した冒険者
モヒカンさんあれ維持できるのすげぇな？
16416. 遭難した冒険者
やってから分かる凄さってやつな。ぐわーっ！
16417. 遭難した冒険者

雷にやられたようだな……。
16418. 遭難した冒険者
奴は我々の中でも運がない。ぐわーっ！
16419. 遭難した冒険者
てめぇもか。あぶねぇ！　ふっ、俺は運がぐわーっ！
16420. 遭難した冒険者
ダメダメじゃねぇか……。

18231. 遭難した冒険者
お食事中のところ悪いんですけどねぇ！　この嵐止めてくれませんかねぇ！
18232. 遭難した冒険者
クソトカゲがぁー！　ぬあーっ！
18233. 遭難した冒険者
トカゲとか言うから！　おぅふ……。
18234. 遭難した冒険者
もはや関係ねーわな。
18235. 遭難した冒険者
姫様が雷パリィし始めた件について。

18236. 遭難した冒険者
　マジ人外。
18237. 遭難した冒険者
　確かに《危険感知》でルートは出るけどよぉ⁉
18238. 遭難した冒険者
　早すぎんだよなぁ！
18239. 遭難した冒険者
　つうか風と雨でまともに立てねぇけどぉ？
18240. 遭難した冒険者
　見えねぇしな！
18241. 遭難した冒険者
　そこそこ成功率が高い件について！
18242. 遭難した冒険者
　さすが姫様。
18243. 遭難した冒険者
　さす姫。
18244. 遭難した冒険者
　メディーーック！

18245. 遭難した冒険者
これでも飲んでろぉ！
18246. 遭難した冒険者
ポーション来た。
18247. 遭難した冒険者
さっさと食事終われやぁ！

21091. 遭難した冒険者
くっそ傍迷惑な食事だったなおい……。
21092. 遭難した冒険者
島に平和がやって来た……。
21093. 遭難した冒険者
さあ、復旧作業が待ってるよ……。
21094. 遭難した冒険者
ちくしょう！

21210. 遭難した冒険者
【悲報】畑が沼地へ転身。

【悲報】家代わりの馬小屋消滅。

21211. 遭難した冒険者
被害甚大で草。

21212. 遭難した冒険者
まずは畑と寝床の確保するぞー！　ところで中央以外は生きてるか？

21213. 遭難した冒険者
なんとかな。ぶっちゃけ地形変わってるけど……。

21214. 遭難した冒険者
地形変化だと？　ダイナミックすぎんだろ……。

21215. 遭難した冒険者
川はしばらく使えそうにないな。今日中は無理だろ。

21216. 遭難した冒険者
とりあえず寝床と食事の確保頑張れよ……。

21217. 遭難した冒険者
魚いるかなぁ……。

21218. 遭難した冒険者
果実系落ちてんだろうなぁ……。

21219. 遭難した冒険者

運営まじ鬼畜。

書き下ろし――ある日のお嬢様方

おや、あれは……エリー達ですね。中央広場でお茶会ですか……目立ちますね。

「ごきげんよう」

「あらターシャ、奇遇ね。飲んでく？」

「ごきげんようです！　ターシャ！」

「せっかくなので頂きましょうか」

円卓で向かい合うように座っていたので、三角になるように座らせてもらいます。

「ブレイユリッヒのハーブですか？」

「そうね。とりあえず東と西を開放して行こうかと話していたところよ」

「ネアレンスとクリクストンですね。西のクリクストンは紅茶として、東は食材ですね？」

「お茶会の充実には必要よね」

食べ物も飲み物も美味しいに限りますよね。美味しくないとその時点でテンション下がりますし。まあ……好みの問題はともかく、テンション下がるほど美味しくない物が出てきた事はありませんけど。

「ターシャは携帯食料食べたです？」

「私は食べてないんですよね。種族的に満腹度がありませんし、最初の内に《料理》取ったので」

「ああ、そうだったわね。……凄まじかったわよ」

凄まじいらしいですね。カロリーメイト見習えとか書き込みを見ましたし。……確実にわざとでしょうけど。

「料理っていい値段するわよね。特にジャーキーよ。なぜあの値段で落ち着いているのかしら」

「あれはゲーマーの性ですよ。狩りしながら、移動しながら済ませるためですね。さすがに彼らも携帯食料は嫌らしいですよ。薬のように流し込めるわけでもありませんからね……」

「食事は座ってゆっくりするです！」

「そうね。屋台ならまだしも、立ち食い系統のお店も行かないわね」

「私も行ったことありませんね……今後も無さそうですが」

ジャーキーって結構複雑なんですよね……。大体満腹度的に2個か3個食べる事になりますが、2個の時点で安めの料理と同じぐらい。とはいえジャーキーを好む人達は狩りとかで稼ぐので、気になるほどの出費にはなりません。作るのは地味に時間がかかりますが、一回でかなりの量を作れて、1個が結構な値段するんですよね。しかしバフ料理が出始め、値段に関しては安いと言えなくもないぐらいにはなりました。まあ、バフ料理がぶっ飛んで高くなっただけですが、効果は長いですからね。ジャーキーのバフは無いよりまし程度。

携帯食料はとても不味くバフも一切ないので、値段しか利点がありません。更に言えば満腹度の回復量も低いので、複数食べることになるおまけ付きです。《料理》スキルを活かすためでしょうけど、かなり酷い扱いです。

「シルクの情報もまだ無いわよね？」

「そっちもまだですね」

「そもそもこの世界に蚕がいるです？」

「野生にはいないのよね、あれ」

服の素材でシルクが無いとは思えませんけど、あるなら王族や貴族がドレスなどに使用してるでしょう。が、逆に言えば王族や貴族しか使わないので、町のおばちゃまに聞いても情報が得られないわけで。

「同じかはともかく、貴族がいるんですから何かしらあると思いますよ？」

「そう言えばスパイダーシルクなんてのもあるけれど……」

「この世界だと天然蜘蛛糸です？」

「魔物化しているでしょうから、糸の採取は命懸けの可能性が高いんですよね……」

「1着でも結構な量必要です！」

「確か蜘蛛は共食いするんだったかしら。そのせいで家畜化は現実的ではないのよね」

「どうせ取りに行くのは冒険者達ですよ。入手が困難な方がステータスにはなりますからね……どちらにとっても」

「まあ……そうね。蜘蛛のプレイヤーとかいないかしら」

「ああ、出せるならば良い商売になりそうですね。あり得るとすれば……種族スキル依存か」

さすがにお肉や皮はともかく……糸や粘液などが使える種族なら、お小遣い稼ぎにはなりそうです。馬の人は行商人関係のクエストがあったりするらしいですからね。フェアエレンさんも種族スキルで採れる妖精の蜜が、結構な値段で売れるとか言ってましたし。

「蜘蛛の知り合いはいませんけどね……」

「残念です！」

「裁縫系の板でも特に話題になっていないなら、まだ無理だと思うべきでしょうね……」

新しい素材が見つかったら、多少なりとも盛り上がるはずですし。特にシルクといえば高級素材の代表とも言える物ですから。

「あ、従魔にすれば……いや、やはり商品にするほどの量を確保するのは難しいですか。魔物化しているせいで、普通に人を食いに来るようですし……蜘蛛糸の確保は大変そうです」

「ままならないものね」

「ゲームの醍醐味です！」

「まあ、そうなのだけれど」

おっと、話していたらこんな時間ですか。エリーとアビーも寝る時間なので、皆でログアウトです。今日は寝るとしましょう。

あとがき

ごきげんよう！　子日あきすずです。４巻をお手に取っていただき誠にありがとうございます。

ついに４巻ですね。今回は主人公の水着回とキャンプイベントでした。ええ、この巻で終わりませんでしたね……。というのも今回のイベントだけで、なんと14万文字です。基本は12万文字です。オーバーしていますね。更に今回はイベント導入前の水着回なども入ったので、17万文字の直前でした。私としては１巻に収めたかったのですが、まあ５万文字オーバーは無理ですね。ここの流れを軽く書き換えて……とかでどうにかなるレベルではありません。泣く泣く分割です。


さて、４巻の話をしましょう。

今回は……というか、今回も初登場キャラが複数出ましたね。オンラインゲームが題材なので、どう足掻（あが）いても登場キャラは増えます。

ぶっちゃけるとキャラ名は大体その場の思いつきか、あとはジェネレータでやるのでかなり雑です。基本的に深い意味はありません。アルフレートとかジェネレータで決まりましたし。駄犬とか駄犬が先で、キャラ名のヴィンセントが後付けです。本来の名前格好良くしちゃろ……から、ジェネレータで回して決めました。

双子の名前がレアパターンです。登場人物紹介に書いてあるように、由来はアメトリンで、和名は紫黄水晶と言うようです。紫水晶と黄水晶がくっついた物ですね。石言葉などを考えても双子に良さそうだったので採用しました。

ミードは見た目がザ・エルフの頼れるイケメン姉貴です。言葉遣いは主人公に似て丁寧系ですが、雰囲気は武人や狩人です。間違ってもエルフのお姉さんではない。エルフの姉貴かお姉様です。

4巻で一番濃いキャラなのはモヒカンでしょう。間違いなく奴です。しかし、良い奴なのも間違いないでしょう。ちなみに主人公は『濃いキャラですねー』で流しています。姫は器が大きい……。


そして今回、スケさんやフェアエレン、クレメンティアが進化しました。主人公は生産にも時間を回しているので、彼らと比べるとレベル自体は少し遅れ気味です。

スケさんはようやく特殊種族ルートへ入りました。フェアエレンは種族特性――一番レベルの高い魔法属性に進化――により、雷属性種族になりました。クレメンティアは植物系のお馴染み種族へ進化しましたね。ビジュアルがお馴染みかはあれですが。


小ネタというか裏話というか……このぐらいにしましょう。今後のネタバレとか混じりそうです。

５巻はイベントの残りと主人公の進化になる……はずです。

では皆さん、５巻でお会いしましょう！

二〇二〇年四月某日

Free Life Fantasy Online ～人外姫様、始めました～4

子日あきすず

2020年5月29日第1刷発行
2021年4月1日第3刷発行

発行者	森田浩章
発行所	株式会社 講談社 〒112-8001　東京都文京区音羽2-12-21
電　話	出版　(03)5395-3715 販売　(03)5395-3608 業務　(03)5395-3603
デザイン	浜崎正隆（浜デ）
本文データ制作	講談社デジタル製作
印刷所	豊国印刷株式会社
製本所	株式会社フォーネット社

ISBN978-4-06-520152-7　N.D.C.913　322p　18cm
定価はカバーに表示してあります

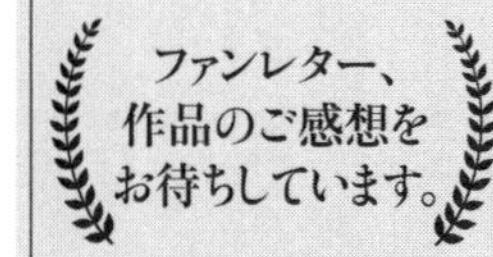

あて先　〒112-8001　東京都文京区音羽2-12-21
(株) 講談社　ラノベ文庫編集部 気付
「子日あきすず先生」係
「Sherry先生」係